椎名誠

おなかがすいたハラペコだ。③

あっ、ごはん炊くの忘れてた！

新日本出版社

おなかがすいたハラペコだ。③
—あっ、ごはん炊くの忘れてた！—
もくじ

う
ど
ん

おなかがすいたハラペコだ。③

—あっ、ごはん炊くの忘れてた！—

ホテルの朝食ブッフェで逆上する

このあいだ久しぶりに神戸に行った。ホテルは以前から行っているところにする癖があるからなじみのポートピアホテルにしたけれど、高層階から海を眺められる部屋に泊まるのは気持ちがいいですなあ。

で、今回は旅先のあさめしについて語ることにしたい。以前にも同じテーマで書いた記憶がかすかにあるけれど数年前のことであり、時代も場所もかわっていますからまあ続篇ということで。

この頃のホテルはたいていブッフェ、もしくはバイキングスタイルになっていて、基本は食いたいヒトが食いたいモノをというわけだからあれでいいのですな。

三十階にあるそのホテルのレストランは広くて料理も多岐にわたりたいへんうまかった。このごろぼくは小食になってしまってそんな心配はないのだけれど、あれだけズラリといろんな種類の料理が並んでいて、しかも追加おかわりどんどん自由、というわけだから若い頃はひとめで逆上しちゃってあれもこれもと何皿にもいろんなものをのせてきてしまった。しかし逆上していたからどうしても沢山とりすぎてしまって、あれ残して立ち去るとき実に恥ずかしいですなあ。

今回はようやく大人の裁量で自分が好きな食べきれるものを皿にのせていった。やきたてのパンケーキ、チーズ、バター、つくりたてのオムレツ。ヨーグルトにサラダ。そしてコーヒーにミルク。

食い過ぎに注意しているつもりでもけっこうな分量になってしまった。でもみんなうまかったからそれでいいのだ。

神戸では客のこっちが気取っていてその程度だったけれど、思えば一週間前に宮古島のホテルに泊まりホテルのあさめしとなったけれど、このときはごはんにした。朝の刺し身、というのが目に入ったからだ。小さな皿に赤み魚がフタキレずつ。だからそっと二皿もってきた。それにモズクと何かわからないけれどうまそうな魚の切り身。そのすぐそばにカレーがあった。朝カレーというの、けっこう魅力的だから深皿にそれも加える。自分の席をさがす途中で「宮古そば」があったのでガツーンときた。南島のそばはうどんぐらいの太さがあって沖縄も先島《さきしま》諸島もそれらを呼ぶときは「そば」でも「うどん」でもなく「すば」といいますな。

これがあるのを知っていたらほんの少しのごはんにカレーをかけて、あとは「宮古そば」だけでよかったのに。

でもまた戻しに行くのもみっともないから結果的に宮古そばを加えてしまって気がついたらおなかを出っ張らせてレストランを出ることになっていた。満足だけどハラが苦しいのさあ。

そうだ。神戸でパンケーキなどにしたのは一週間前の宮古島の逆上記憶があったからだと思う。最近のこの二回はたいへん満足すべきものだったけれど、旅の多いわが人生、ホテルのあさめしにはいろいろ苦難の記憶が積み重なっている。

この話はある有名観光地のホテルだったけれどレベルは中クラス。まあそのなかから適度のものを皿にのせて食べていると、中国人の観光ツアーの大集団がどっと押し寄せてきた。五十〜六十人はいただろうか。みんなしてわあわあいろんなことを言っているので朝の人間津波に出会ったみたいだった。

ぼくは一瞬の差で自分のものを確保していたからよかったのだが、彼らはたぶん珍しい日本の食い物に逆上していたのだろう。口々にいろんなことを喋りまくり陳列料理の前は押すな押すなの行列になった。

たちまち席がたりなくなり六人ほど座れるぼくのいた自由席のテーブルにも子供連れのおばさんが隙間なく押し寄せてきた。

予想したとおりどの人の皿や鉢にもすんごい種類、すんごい量の食べ物がのっている。いろんなことを喋りながらすぐさまもの凄いスピードで次々に食べていく。さすが中国。

そのうち一人のおばさんがバッグからなにか袋らしきものをひっぱりだし、隣の自分の子供になにごとか言っている。子供は素直にその袋らしきものを持って食物行列の方向に走った。やがて戻ってきたその子供のさっき渡された布袋にはちきれんばかりのいろんな種類のパンが入っていた。おばさんはその収奪品を自分の大バッグにあけるとまた何ごとか子供に言い、子供はさっきと同じようにすっ飛んでいった。

やがて帰ってきた子供の収奪品は各種の果物類だった。さすが中国。

会場はまるでイナゴの大群に襲われたような気配だった。そういう風景を見ながらぼくは自分が中国にいったときのことを考えていた。北京や上海のホテルはもう我々の国とあまりかわらない。中華系の料理は幅が広く、いままで食べたことのないものもたくさんあって目がまわる。

でもぼくは成都《せいと》とかクンミンといった中くらいの都市やもっと田舎の街のあさめしが好きだ。中国人は日本人よりも朝食を外で食べることが多いようで、外の屋台で朝食をすませて職場なり学校に行く、というスタイルが多いらしい。

そうして中国でぼくが一番好きな朝めしは屋台の饅頭《まんとう》（中に何も入っていないのやザーサイその他の漬物系、軽い味の薬味などがはいったやつ）がホカホカで出てくる。ちょっとした赤ちゃんの頭ぐらいの大きさがあるから一個で十分。それにラーメンドンブリより少し小ぶりの鉢にアチアチスープが入っているのがあればもう何もいりません状態になる。饅頭と並ぶのは「お粥《かゆ》」だ。白粥が多いけれどものすごく強い火で炊くから芯まで熱い感じだ。これに中国醤油（魚醤）や塩ラー油をかけただけで三杯ぐらいは食えてしまう。

これらの朝食メニューが食い物大国「中国」の代表だろうと思っている。

カツオ命

宮古島の話のつづき。東京から直行便で約三時間。寝不足だったので飛んでいる時間の九割はここちのいい眠りで、目が覚めたら違う国に来たみたいに太陽の光も吹いてくる風もきらきらして南国そのものでしたよ。

この島は以前からよく来ていた。隣接している小さな池間《いけま》島にカツオ漁専門の船が何隻かあって若い頃にカツオ大好きのぼくはその船に乗り込んでカツオ釣りを取材していた。

ここらの漁師はカツオを「カチュー」と呼ぶ。最初、交渉に行ったときはまったくの邪魔者扱いだった。話しかけてもまともな返事さえかえってこない。とくに「うみんちゅう＝海人」と呼ばれる漁師は普段の仕事が荒々しいからだろう。言葉つきがいかにも乱暴で方言のつよさもあって殆《ほとん》ど話が通じなかった。ぼくの目的はただもうカツオ船に乗せてもらうことだった。そうしてあわよくば自分もちょっとだけでいいからカツオの一本釣りをさせてもらいたかった。

そこを母港にしているカツオ船は四隻あった。断わられ続けて最後の四隻目でやっと「賃金などないぞ」という条件で乗せてもらった。もとよりカツオ釣りの邪魔にはなるだろうが役にたつとは思えなかったので乗せてもらえるだけで十分だった。つまりは下働き居候《いそうろう》。出船は朝四時となかなか厳しい。それに遅れたらもう乗れない、ということはいわれなくてもわかっていた。

で、まあなんとか緊張しまくって早朝のカツオ船に乗せてもらった。沖に出ていくと、いったんとまって漁師の何人かが海に入り、カツオの生き餌にするヒコイワシの幼魚をタタミ八畳ぐらいはある網でどっさりとり、船倉《ふなぐら》に入れる。それから本格的に南海の海に出てカツオの群れをさがすのだ。

めざすはナブラ（鳥山）である。海面近くに沢山の海鳥が群れて文字どおり「鳥の山」を作っている。海面近くまでカツオの群れに追われてきたイワシの幼魚がいて、それを海鳥の群れが空から襲っているのだ。海中からのカツオと空からの海鳥に挟まれて気の毒にイワシは逃げ場を失う。漁船はその鳥山の上にくると船首から何本ものホースで海水を放出し、海面をバシャバシャ騒々しくさせてあたかも小魚がたくさんいるようにする。続いてさっき捕ってきたイワシの幼魚をじゃんじゃんまいてそこに針に餌のついていない釣り竿を投じると餌なしの釣り針にもカツオはじゃんじゃん食いついてくる。その釣り針には「かえし＝とがった先を内側にまげてすぐに抜けないようにする」のしくみがないのでやっこらしょうと海から引き抜いて背後の甲板の上にたたきつけるとその衝撃で自然にカツオは針から外れて釣ったカツオの溜まり場にどんどん送られる。この何十匹ものカツオが暴れるバタバタいう音がものすごい。

釣る者はカラ針の竿をすぐに海の中にいれて何回でも釣り上げる。大きいカツオだと五〜六キロはあるから海水から引き上げる、というよりぶっこぬくときに力がいるが、慣れてくるとぼくでも三分間で十本ぐらい釣り上げることができた。でもその三〜五分でカツオの群れはたいていどこかへ移動してしまうのでタタカイは常にその三〜五分なのだ。

痛快で、漁業というよりもむしろ狩猟という感じだった。鳥山を三つぐらいやると五〜六人の〝うみんちゅう〟で百五十本ぐらいのカツオを釣り上げてしまう。

そのあいだに若い漁師が最初に釣れたカツオを手早くさばきいくつもの大きな半身のサクにしてバケツに入れる。バケツの中には「酢」がどっさり入っている。それとは別に洋ガラシが皿にドサッ。昼頃までにはめしが炊かれ、巨大なカツオの酢漬けのサクはヒトキレで百グラム前後のでっかい刺し身となって何百もドサッと並べられている。

初めて知ったけれどイキのいいカツオと酢と洋ガラシというのは相性がいいんですねえ。

あつあつごはんにこれがもう悶絶するほどうまいんですよお！

そのほかにもドンブリに入れた醤油にコーレーグースー（トウガラシの泡盛漬け＝沖縄地方には必ずある必須調味料）をまぜたもので味つけて食ったり、醤油にマヨネーズをまぜたもので食ったりする。どれも悶絶級にうまい！　ぼくは常に食いまくって死にそうだった。

カツオの群れのなかにはたまに近海ものの小型のマグロがまざっている。こういうマグロは商品にはならないから釣れるとマグロの刺し身がそこにドッサと加わるわけだ。メバチやキハダマグロの七〜八キロクラスのやつで、ホンマグロよりも脂がくどくないのでトロの部分などアブラのテカリもなくやわらかい色でふんわりとやさしい。

海苔とごはんにくるんで一本巻きのようにして食ったらたまらないだろうなあ、と悔しく思うのだが、戦場のような船の甲板ではそんな手間のかかる小手先のことはしていられません。

でもめしは誰が何時食ってもいいので、三時頃にぼくはマグロの中落ち（＝骨のまわりにどっさりついているマグロで一番うまいところ）をスプーンでごっそりこそげとってあつあつドンブリごはんに三〜五センチぐらいの厚さでドバッとのせて、醤油をかけてかき回していたらそれを見ていた漁師が「これもいれろ」といって生タマゴを渡してくれた。

Mayonnaise

ドンブリのフチで生タマゴを割ってそこに加え、ずんずんかき回してすぐさま食ったら当然ながらあれまあ！　うまくてうまくて。アタマがおかしくなりそうだった。

　これこそ都会の高級寿司屋に行ったって絶対に食えない逸品なのだあ、と船端を叩いて感涙しましたね。

　カツオの「血あい」は普通は捨てられてしまうけれど、釣ったばかりの新鮮なやつはよく冷やしてタタキにされ、そいつとカツオの刺し身を一緒にして食べる。ここにも好みによって醤油マヨネーズやコーレーグースーが投入される。これはごはんのおかずよりも泡盛《あわ》の肴《さかな》にしたほうがうまい！　ということを知ってしまった。帰港するとカツオを一本くれる。民宿に帰ってこれを自分でさばき、夕食のおかずにするんですよ。とても一人では食いきれないからあとは民宿のおばちゃんにあげる。くやしいけれどなあ。

円卓でのいろんな食い方

中世の食事を書いた本を読んだがすさまじいことが書いてあっていろいろ考えさせられた。中世にも食堂があって、そこでの食べ方がもの凄い。

まずテーブルがあるが、その上に食器というものがない。テーブルの上にはおわん状の穴が等間隔に削りあけられていて、それが「皿」である。六人がけのテーブルの上には六つの穴があけられている、というわけだ。ナイフとかフォークといった食器はない。

やがて店のシェフが大鍋に入れたあつあつの料理を持ってくる。そしてそのテーブルにあけられた穴に等分に料理を注いでいく。

お客は自分の前のテーブルの穴に入れられたできたて料理を手指をつかって食べていく。鍋に残りがあればおかわりができる。

まあなんというか理屈はわかるがいかにも中世ヨーロッパ風でお行儀がいいんだか悪いんだか。

シェフが鍋に入れた料理からそれぞれにできたて料理をわけたりせず、あとはお客に任せるときもあるらしい。客は競って自分の手で料理を自分の皿——というか「あなぼこ」に持ってくる競争になる。

そのときのためにグルマン（グルメ＝日本では食通というふうに認識されているが、正しくは大食いのこと）は熱い料理にもひるまない（熱に耐えられる）強い手指にしていくために毎日熱い湯のなかに手を突っ込んで熱さへの耐久力をつける特訓鍛練をするらしい。

さらに舌にも熱さの防御をするために羊の膀胱《ぼうこう》で「舌カバー」というものをつくり、食事の「タタカイ」のときにそれを舌にはめるそうだ。恐ろしき執念。

以上は中世ヨーロッパの食事にかんする本で知ったことの受け渡しだが、そこに書いていないことでどうも気になったのは、食器洗いはどうしたのか、ということだった。

洗うって言ったってでっかい重たい中世の頃のテーブルである。食事が終わるたびにそのテーブルを「どっこいしょ」と言って従業員がいちいち引っ繰り返してひとつひとつの穴を掃除していたとはとても思えない。

結局客の残した食物やスープを軽く布などでぬぐってそれでおしまいだったのだろう。

そのテーブルの穴には長いこと繰り返されて盛られていた料理の煮汁などがまんべんなくしみわたっていることが想像できる。季節にはそこがカビだらけになることもあったろう。でもそんなカビなども食事前に布などで拭いて「はいいらっしゃいませ」などと中世のコトバで言っていたのに違いない。

それから多くの人に勘違いしてつたわってしまったものに「乾杯」がある。めでたいときにつきものだが、これのもともとを書いた本を読んでみると、やはり中世の頃、あちこちで絶え間ない「いくさ」が行われていた。

劣勢になって城や要塞などにたてこもり、もはや勝利はありえない、と一軍の将が判断したとき全員の自害を決めた。ワインに毒を入れて、皆で一斉にその毒ワインの入った器を飲みほす。しかし何時の世にも「狡《ずる》い奴」はいるもので自分の器だけは毒を入れない工夫をしたりした。だから乾杯はそういう者の器の中にもまんべんなく毒が飛び散るように力まかせに打ちつけたのだという。当時の飲み物の器は木でつくられていたので思いきり打ちつけても割れなかった。

そういう乾杯の本来を知ると、命をかけた古来の乾杯に比べて今の乾杯はいかにも安易きわまりない。ただし稀にむかしのように毒入りのワインで乾杯し、集団自殺の道連れを、と考える者がいるかもしれない。事前に厨房でコソコソやっている奴がいたら用心しよう。

でも今のワイングラスでガシャンと叩きつければ殆どのグラスは割れてしまい、誰が下手人かわからなくなる。乾杯しても一滴も飲まなかった奴が容疑者だが店内に監視カメラを設置してスローで再生してみればそれもわかるだろう。

ロシア式乾杯もヒトによってははなはだ危険だ。酒はウオトカのストレート。円卓に七〜八人が座り一人一人が立ち上がって三〜五分のスピーチをする。スピーチの内容はどうでもよく、しめの言葉に「では世界平和のために乾杯！」とグラスをかかげ、みんなで一斉に飲み干す。ウオトカはショットグラスに入っているが四十度以上六十度ぐらいまである。グラスがカラになるまで全部飲み干さないとゆるしてくれない。ぼくはこれを体験した。一回りすると、また最初の人から同じことが繰り返される。そのときにはすでに全員七〜八杯のウオトカをストレートで飲んでいる。ロシア人はバカみたいにめちゃくちゃサケが強いから東洋からの客は次々に倒れていく。デスマッチ乾杯なのだ。

これとそっくりなのが先島諸島の宮古島の「オトウリ」だ。システムは驚くほどロシアのそれと似ている。違うのは飲む酒がウオトカではなく泡盛で三〜四分のスピーチのあとみんなで一斉乾杯。これも慣れて鍛えているから地元の人が断然強い。

食卓問題からはじまってとんだ方向に進んでしまったが、最後に中国人のテーブルマナー。大きなレストランなどにいくと円卓に白いテーブルクロスがかかっている。

中国人は食物で汚れた手や口をこのテーブルクロスで拭う。魚の骨などかみ切れないものはテーブルクロスの上に「べっべっ」とそのまま吐き出し、テーブルクロスのない店だと自分の席の横の床に吐き出す。酒宴がすんで客が去っていくと店の人は食器を片づけた跡のテーブルクロスに各自の吐き出したものを丸めて持ち去っていく。それからテーブルの下に落ちている食べ滓《かす》を竹箒でじゃんじゃん掃いていく。すぐ隣でほかの客が食事しているのなどおかまいなしなのだ。中国はやっぱりすべてに強い。

冷し中華敗退の記

　コンビニの冷し中華、数年前までちょっとバカにしてたけれどアレけっこううまいですね。もっともチェーン店によって厳然とした落差があるようですが。

　しかしさすが日本、ああいう芸のこまかいことをよくぞやってくれるものだ。とにかく感心します。

　ところで前にも書いたけれど日本蕎麦屋では冬になっても冷たいもりそばを堂々と出してくれるのに冷し中華は寒くなってくるとやめてしまう。いまはよほど空っ風の屋台などではないかぎり、屋内のちゃんと温度調整されたお店なら季節に関係なくうまい。町の小さなラーメン屋などはかえって暑いくらいだからそういう店のカウンターでよく冷えた冷し中華を「あいよ！」などと言って出してくれたらオレ即座にその店に走っていく。

　ところが十月の声を聞くと大きな店も小さな店もどんどん冷し中華をやめてしまう。あの張り紙を見るときのやるせなさといったらないですな。

ああ、もう本当に秋になってきたんだなあ、我が人生と同じだなあ、という深い哀感を刺激してくれるのだ。それも冷し中華が奥深くもっているヨロコビの味のひとつだ。

全国各地でバタバタと冷し中華が終わってしまうのは、なにか国家の上のほうの規制とか管理とか規約なんていうのがあるのかなあ、とあるとき思ったことがある。

「冷し中華は六月から十月までの営業が望ましい。理由はとくにない」なんていうものものしい業界むけの監督省庁の指示が出ている可能性もある。この規制を破ると経営者は逮捕、罰金。それでも言うことを聞かないでいるとやがて獄門、打ち首なんてのがあるわけないだろうが、こうして全国でバタバタ冷し中華をやめてしまうのは情けない。威勢のいい店が出てきて「当店は通年冷し中華やってます！」なんてのが出てきてもいいではないか。

で、話はそれでコンビニの冷し中華がどうなるのか、という問題に戻る。

本来の問題に戻ってはみたけれどそれ以上深い話はないのですな。「あんたのとこはやめないで下さい」と哀願するしかない。でも結果はわかっている。「来年七月まで待っていて下さいねえ」そういってケケケケなどと笑ったら諦めるしかない。

かくなる上は自分で冷し中華を作る、という作戦がある。

アレ結構簡単な筈《はず》なんだ。町を歩いていると商店街のはしっこのほうで調味料ばっかり売っている店が時々ある。（中野区と渋谷区の境目地帯にあった）間口半間ぐらいの駄菓子屋みたいな店だがいろんなだしの素が瓶詰から顆粒の小袋までいろいろあってこれは見ているだけで楽しい。そこで醤油、味噌、塩のそれぞれのラーメンの素が小袋（液体）に入って売られていた。そうしてよーく見ていくとありました。

「冷し中華の素」があったのだ。

「やでうでしや」とマンガ言語化しつつ十袋も買ってしまった。申し訳ないくらい安い。

翌日、早速作ってみた。ラーメンはスーパーで売っているむかしからあるごく普通のラーメンでいい。それからモヤシとネギと緑野菜（名前がわからん）を用意した。キクラゲが欲しかったけれど急場のコトなので妻もおらずどこかに乾燥キクラゲがある筈だが簡単にはみつからない。

ドンブリに水で薄めた冷し中華の素をいれる。すぐよくかきまぜて箸でちょっと味をみる。酢がものたりないような気がする。辛味も足りない。でもそれはできあがってから食べるときに足していけばいい話だ。野菜類を炒める。通常の野菜炒めのように塩、コショウをしてまずはできあがり。

ラーメンは順調にゆであがってきているようだ。これをザルにあけ冷水にさらす。

よく水を切って皿にいれ、まずは主人公である「冷し中華の素」をといたものをその上にかけていく。二倍希釈《きしゃく》となっていたが、どうも全体に「たっぷり」行き渡ったとはいえない気がしたので思い切ってもう一袋あけて加えてしまった。今度は二倍希釈せずにストレートだ。

その上に別途用意してある野菜炒め軍団をのせる。

で、ほぼ計画した工程をたどったつもりだったが、どこかで根本的に間違ったような気がした。ひとことでいうと本来は冷し中華というくらいだから全体が冷たくていいはずだがなんだかだらしなくナマヌルイ。

すぐに理由はわかった。炒めた野菜が熱かったのだ。さらにあとで気がついたけれどぼくはヤキソバとどこかで混同していたところがあり、具は炒めものは必要なく生のキュウリ、ベニショーガ、ネギ、ハム、海苔。できればタマゴヤキを加えた千切り一族を投入すればよかったのだ。

初の冷し中華づくりに逆上していたようだ。こういう発作的料理は最初はやはりレシピというものに忠実に従ったほうがいいようだ。

「無念なり」と思いながらなんといっていいのか「ナマヌル中華」としかいいようのないものをズルズルやった。やはりスープの量が多すぎたようで味もどこか国籍不明の問題料理としかいいようがなかった。

敗北感に沈み、強いハイボールでも飲みたくなった。そこでまたコンビニへ。ウイスキーをレジに出すと「目の前のボードを押して下さい」とレジの若い娘が言う。「あなたは二十歳以上ですか」などと問う例の不思議な装置だ。

「あんたは目の前にいるこの冷し中華づくりにやぶれたヨレヨレ老人が二十歳未満に見えますか。そっちで判断できないんですか」と言いたくなったがまあヤツアタリですな。ああいうシステムを設置させて不毛なヤリトリを強いているコンビニチェーンのウエのほうの人達はみんなバカである。

小腹はどこだ

よく「小腹《こばら》がすいた」などといいますな。昼食と夕食のあいだの午後三時頃とか深夜の十一時頃とかが「小腹すきタイム」だ。

若い頃は冷蔵庫をあけて躊躇《ちゆうちよ》なく「小腹を満たすもの」をみつけて食べた」。若いというよりも小学生や中学生の「子供」のじぶんだ。

世の中平等に貧しかったから、こういうとき一番簡単かつ、けっこううまいのが朝の味噌汁の残りに朝の残りのごはんをいれてぐつぐつ煮て熱くなってきたら生タマゴをかけて蓋《ふた》をして二分。

別に母などに「二分よ」などと教えて貰ったわけではなく自分でその適正時間を発見した。小さな鍋の蓋をあけるといくらか味噌汁の水分の減った中の具のあいだに火のとおったおじや系のごはんが「ま、本日はこんなとこですわ」などとまだ多少グツグツいって全体に明るい顔をして待っている。あれ、じつに嬉しいね。

「おお、同志よ」

といいながらごはん茶碗によそって食べるときにぼくは人生のシアワセというものを感じていたものだ。まあ味噌汁の分量もごはんの分量も同じぐらい残っていたのはそういうこともあるだろう、という母のやさしい気づかいだったのだろうか。

でもぼくは兄弟が五人もいたからそんな微調整はできなかった筈だ。各自のお弁当も作らねばならないからまあご飯の量は絶対に適当。

それで兄弟のなかでいちばん「がっつき」のぼくが満足する分が残っていたのだから当時のごった返しの時代の母のあたたかさを素直に受け止めるのだ。


大人になってからの「小腹」はちょっと曖昧だ。その日仲間同士で酒を飲んで、どっちかというと話に夢中で酒に比重がいって固形物をあまりとらなかった場合、寝る時間の少し前にいきなり、そうだ今日はあまり固形物をくわなかったたし、〆《しめ》の蕎麦とか雑炊にも手をつけなかった。

激しい空腹というわけではなくそういう一日を思いだし「なんか悔しい」という気持ちが酔い覚めと一緒に次第にむらむらと理由のわからない怒りとともに膨らんでくるような気がする。

なんとなく「父の仇《かたき》」、という好戦的な気分になって布団からガバッと半身をおこし、しばし迷う。

理屈ではそのまま気をまぎらわせて寝入ってしまうほうが体のことを考えるといいのだが、ゴソゴソ起きだしてきてトーストなんか一枚焼いてこのあいだ妻がみつけてきた「チーズの粕漬け」という夢のように美味しいものをひっぱりだし、少し焦げたパンの上にのせてあまり厚くないトーストに薄く塗るのである。これが信じがたいほどうまいのだ、「ああ、やっぱり、コレ、うめえなあ」と深夜に呟《つぶや》く。

少しだけ形ばかり逡巡し、でも手だけは確実に動いて「もう一枚だけ」なんていいわけをして二枚目をたべる。少し罪悪感が頭のうしろのあたりでチラチラする。

むかしおかあさんは「ご飯を食べてお腹いっぱいですぐに寝ると牛になりますよ」と必ず言った。その後こちらが大人になってわかってきたのは睡眠神経はやすまるが消化器官はいきなり起こされて「深夜労働」を強いられるのだ。消化器官はむかしからこの理不尽にいつも憤慨《ふんがい》してきた。

「我々をいきなり深夜に働かせるのはその人の口をはじめとしたイブクロまでの消化器官どものだらしない〝快楽〟のためにむりやり超過勤務を強いられているのにすぎない。しかもその労働は深夜遅くにまで及ぶことがある。超過残業だ。ブラック企業の疑いもある」。「消化器系党大会」などやると必ず出てくる問題だ。

問題の小腹とはどのへんにあるのか――？　という視点を少し変えた意見も出てきている。

「まあ語感からいって胃袋のどこか端のほうにあるんじゃないんですか」

「胃の裏のほうっていうか、少し陰《かげ》のようになったあたりに……」

小腹容認派の空腹細胞が小さな声でいう。

「小腹というのはそれぞれ個人によっていろいろ性能、機能が違うもののようです。噂によると小腹などない、という人もいるようなのでそういう詰問にはなじまないように思うのですが」

思いがけない意見が出て会場は少ししずかになった。しかし会場ってどこにあるんだ。

「小腹は胃ではなくそれにつらなるもっと強大な大組織大器官が母体にあります。そこから大小さまざまな〝小腹のもと〟とでもいうゲリラ組織になってそこでの勢力争いが問題の軸になっている、という報告も得ています」

そのときまさしくその小腸からの伝令が到着し、苦しい息の下でそのようなことを言った。

「わたしども小腸、大腸、直腸連合組織はイブクロや脾臓や十二指腸など上部の部位とちがって深夜から朝までの長い時間の消化吸収活動をおこなっています。そういう労働についている若い細胞が同じ消化器系のうちにあるといってもわたしらだけあまりにも手ひどい超差別化のなかにいる。しかも味覚細胞が皆無だから〝味〟という単語も独学で知ったものがほとんどです。そういう甘美なる上部器官にいつか這いのぼっていってそれこそ〝小腹の夢〟の片鱗《へんりん》でも知りえたい。そこで違法と知りながらこっそり這いのぼっていって十二指腸や胃の壁にたどりついてこのあまりにも境遇の違う現実に気がつき、いつか革命を起こしたい、という運動をおこす準備中にあります」。伝令は小さな声のままにけっこう長いこと思いがけない話をしていた。

「そういう過激分子をあんたがたはなんと呼んでいるのですか」

消化器系会議の委員長がきいた。

「ピロリ菌いいまんねん」

伝令は応えた。関西系らしい。

マーフィーの法則

世の中にはマーフィーの法則というものがありまして、これはある日突然現れます。現れるといってもオバケじゃないからマーフィー語で「うらまひやあ」などと両手を前に下げて暗闇から出てくるというわけではなく、いま「法則」と書いたようにこれには「超常的愉快犯的暇神様」のようなものがからんでいるような気がする。なんのことかわかりませんね。こういう長たらしい精神構造学などというものが学会にあるのかどうかはわからない。(たぶんないですな。いま自分で勝手に思いついた名称なんだからなあ)

まあしかし少し落ちついてください。そしてとにかくはなしを聞いてほしい。

これまで何度もこの法則が現れて安定した生活のリズムを乱されているのでワタクシはこのへんでせめて事件の概要をきっちり書いておきたい、と思ったわけであります。

忘れもしない昨日のことだ。

これはたぶんぼくの職業と関係しているのではないかと思っている。

ぼくは文章を書く仕事をしている。このテの軽いエッセイならストーリーを考えたり用語確認などという面倒なこともなく大抵そのとき頭に浮かんだことをすぐ書いてしまうから楽なんですがぼくの仕事のなかには連載小説というものがあり、いまそれを並行して三本書いている。

連載回数がかさなってくるとどうしてもその世界に思考を集中させ、過去に書いたこととの整合性みたいなものも考えなければならず、ただでさえ残り少なくなっている上、故障している脳細胞もいっぱいいるなか、それらをフル出場、フル稼働させ、深夜まで残業させて古物脳にムチを打つ、という脳虐待、いうところのブラック企業的過重作業を強いている。

だから仕事が終わると疲弊《ひへい》してすぐ寝てしまう。タイミングによっては翌日すぐ次の小説に入るから毎日机にむかって原稿を書いていることもある。書いている物語世界は登場人物があっち行ったりこっち行ったりして忙しいのだけれどそれを書いているぼくは机の前に座って手を動かしているだけなのだ。

座っているだけだけどときどき空腹になる。先日妻が旅立ったので——あれ？　そんなふうに書くと冥土《めいど》に行ってしまったようだけれどライフワークで福島の被災地の人々から聞きがきをもう七年ぐらいやっていて、そのための旅に出たのですな。味噌汁と野菜とおかずが数回ぶん用意されていて、ご飯を炊いてそれをおにぎり状にしてラップにくるんで冷凍してある。これをレンジで解凍すると二分ぐらいでほかほかの炊きたてのようになるんですなあ。味噌汁は小鍋に入れて冷蔵庫に入っている。夏場はすぐ悪くなるから用心しないとね。

熱くなってきたらそこに生タマゴを一個割り入れる。あれ楽しいですね。でも早く火をとめてはいけません。だからといってあまり煮こむと茹で卵みたいになってしまうからそれもだめです。

食器をだしたりの基本動作を入れても五分ぐらいのものだからいたって楽なもんです。で、そういう作業をやっているとマーフィーが現れるのです。

たいてい電話からはじまります。

「どうかな？　ちゃんとご飯食べている？」

福島の妻からだ。

「いまつくり出したところ。忙しいからじゃまた」

そうやって素早く電話を切ると携帯電話が鳴っている。さして番号を知る人はいないから時間で相手が誰か大体見当がつく。

やっぱりぼくの事務所からだった。締め切りが接近していて催促の電話がきています。話が終わらないうちに門のピンポンが鳴る。むかしは「呼び鈴」といったけれど今はピンポンですね。なんか「おこちゃま」みたいで恥ずかしい。

宅配便だった。

玄関に行くまでに「そうだ！」と気がついて味噌汁鍋の火を消す。電子レンジは勝手にとまるからまあいい。

で、ドドドドっと階段を降りて行く。一階まで木の階段だけれど玄関から門までは固い石段でここをドドドッと行くのはちょっと危ない。門扉をあけるときに「そうだ印鑑だ」と気がついてまた玄関に戻る。

で、荷物を前に印鑑を用意すると「受け取り人払いです」なんて言われちゃう。

「なんだ、それを先に言っておいてくださいよ」申し訳ないが思わず不満顔になる。

「さっき言いましたよ」

どうもぼくには聞こえていなかったようだ。「ちょっと待って下さい」と言って財布のあるぼくの部屋の四階まで、今度は登りだからドドドドっとはいかずワッセワッセと頂上まであともう少しだ。

言われた金額の端数まで計算して（妻にそうするもんよ、とよく言われているので）さつきよりも遅いド・ド・ドで降りて行き、お金を渡すと「あっ、二円足りないです」などと言われる。

「そのくらいいいじゃないですか」

とは言えないからまた「ワッセワッセ」だ。やっと台所に復帰するとまた携帯電話。NTTのなにかの新機能サービスの案内だった。その人は悪くはないのだが、なぜこんなタイミングで電話してくるのだ。

「今、まにあっていますから」

ついつい冷たい口調になってしまう。

ついさっきまで家のなかはずーっとシーンとしていたのだ。そうしてこの一連のことは連続していっぺんに起きた。これが「マーフィーの法則」なのである。また沈黙空間だ。

ぼくはマーフィーさまが一休みしているきわどい時間をねらってそおっと味噌汁の蓋をあける。心配したとおり茹でタマゴ状態になっていた。それではダメなのである。

熱い炊きたてのようになったご飯の上に味噌汁の具に絡まった半茹で状態のタマゴを乗せて「ジャーン!」と言いながら箸をいれる。たったそれだけのシアワセを望んでいただけなのになあ。

伊勢うどんの衝撃

二十代の頃、ぼくはサラリーマンで、銀座にあるチビ会社に勤めていた。男ばかり三十人ほど。業界新聞や専門雑誌を発行していた。日本が高度成長に浮かれていたときで社員の入れかわりが激しかった。ほかで給料のいいところが見つかるとどんどんそっちへ行ってしまうのだ。でもすぐに代わりの社員が入ってきた。

戦争のときにシベリア送りになりそうだった二人が列車から脱走して日本まで逃げてきて、その二人ではじめたという強者の会社だったのでなにかと大雑把でぼくにはそれがたいへん居ごこちがよかった。欠員を補填するとき、新聞の求人募集の三行広告をだすとすぐ数名が応募してきたそうだ。経営者はペーパー試験など面倒だし、本人に直接会ったほうが人間性や度胸や仕事能力がわかる、というので入社試験は面接だけだった。面接のときのチェック項目に「度胸」が入っているのが面白かった。ぼくはアルバイトのつもりでペイのいい正社員募集の枠にもぐりこみ三カ月でやめるつもりだったけれど結局そこに十四年もいたのだった。

初めての会社勤めというのは想像以上に面白くて社員の一人一人を見ているだけでまず楽しかった。社長はじめ社員全員、みんなどこかヘンだったのだ。社長は大柄の馬面《うまづら》で馬みたいな喋り方だった。って、馬はどんな喋り方をするんだっけ。

脱走の相棒は専務。小柄でやや逆三角形顔はコブラ型というか可愛い蛇顔だった。事実、その人の変人ぶりは超俗級で自宅に三百匹ほどのいろんな種類の蛇（毒蛇も大蛇もいた）を飼っていて、その頃デパートなどでよく開催されていた「世界蛇展」なんてのに出品要請されるとそのレンタル料が個人的な収入になっていてそっちのほうがよほど儲かる、なんて堂々と言っていた。

そのとき、人間はあるものに没頭するといつの間にか顔つきや全体の雰囲気が「それ」に似ていく、という法則みたいなものがあるのじゃないか、ということに気がついた。蛇顔専務は大抵深ミドリ色のツイードのスーツを着ていて本人も「自分はヘビだ」と意識していたフシがある。

そういうコトに気がついてくるとある種の生きものが大好きな人はどこかその生き物に顔が似てくるのだなあ、という法則？　に気がついてきて世の中が急に楽しくなった。

裏銀座に住んでいてよく近所を散歩しているざあますおばさんはいつもプードルを抱い

２枚とも椎名誠画

ているのだがあれではプードルの散歩にならないんじゃないかと心配だった。でもそのおばさんの髪型や顔や痩せた体つきの全体がプードルそのものだったからあれはあれで一体化しているからいいんだなと思ったものだ。

サラリーマンをやめてモノカキになり、行動範囲がやたらでっかくなるとこの「顔面相似形」の発見率はさらに増した。

仙台から山形までいく仙山線の電車で山寺という駅から乗ってきた少年三人は、小さな玉コンニャクが三個串にさしてあるのを持っていたが玉コンニャクは三兄弟とよく似ていて面白かった。ずっと見ていたかったけれど玉コンニャクがどんどんなくなっていくのが残念だった。

やはり別のどこかの地方取材のときに一両電車に乗ってきた田舎の高校生は大切そうにかじっていた大きな硬焼きせんべいにそっくりだった。あから顔とニキビ満開のところがせんべいと完全に一致していた。

鉢巻きをしたタコ焼き屋の親父の顔がタコそっくりなのはずっと焼いているタコ焼き器の放射熱で顔が真っ赤になるからだろう。

アマゾンにもう三百回ぐらいは行っている探検家の松坂實さんは古い知り合いだ。彼につれられてイスタンブールにヨーロッパ大ナマズを釣りに行ったのが初対面だった。そのときひと目で「この人は自分自身がナマズではないか」とつくづく感心したものだ。四十年近くナマズを追いかけていて簡単に三メートルぐらいの大ナマズを捕まえてくるのだから似てしまうのは仕方がない。本人も「ナマズそっくり」と言われるとけっこう喜んでいるのだった。

十年ほど前に「麺の甲子園」という二年がかりで日本中のあらゆる麺を実際に食べて取材し、編集部の人と五、六人で勝手に優勝麺を決めていく、というバカバカしくも真剣な取材をしていたとき、はじめて伊勢うどんに遭遇し、ややたじろいだものだ。知っている読者には説明する必要はないだろうがここまで麺好きのぼくが初対面だったのだから知らない読者も沢山いると思う。

あれは「麺」とか「うどん」というすべての常識的な概念からはずれた信じられないほど太く、信じられないほど柔らかい面妖なるもので、つゆのないどんぶりの中でしずかに勝手にぬるぬる蠢《うごめ》いている「うどん生物」のように見えた。そのどんぶりを持ってきたおばちゃんの顔というか全体の無表情およびのったり度具合が「伊勢うどん」にそっくりで、ぼくはたじたじとなった。

伊勢うどんに似た顔ってどんな顔ですか！　と聞かれると困るのだが、伊勢うどんを初めて見たショックの残像が、店のおばちゃんにかぶさって見えたのではないか、としか説明のしようがない。

南洋の島などにいくとタロイモやヤムイモに似た色と顔つきの部族の長などとよくであう。これは生まれてからずっとそれを食べていたから相似形になってしまった、という生物生態学的な見地から説明できそうな気もするがどうだろうか。

もやしバリバリ丼夢

深夜から明け方にかけてのどうしようもない時間とか、人里離れたキャンプ地のテントのなかなどでむしょうに食いたくなるものがあり、それを思うココロが全身を襲い、もだえ苦しむようなことになる。

たとえば「もやし」だ。サラダでもいいけど少し煮たぐらいのミデアムレア状態のがいい。

いっぺんにできるだけたくさん食いたい。ドンブリにやまもりいっぱいのをムシャムシャバリバリ口のあらゆる端からもやしのシッポ（いやあたまもあるな）が出てきてしまうくらい乱暴に、一心不乱に急いで食っていきたい。
①ゴマ油ピチピチ。醤油少しにカツオブシ　②酢醤油さらり　③強火で炒め、できあがり寸前に醤油系の味つけ。薄めたラー油が入ってもいい　④キリゴマに酢醤油。加減してマヨネーズ少々　⑤醤油に程よく溶かしたバター　⑥しょっぱいなかに甘味を感じる塩田

製の高級塩パラパラ　⑦軽くゆでで酢醤油にゴマ油、ラー油。

今思いついたものを並べてみただけなんだけど全体に「醤油」が制覇していますな。

これはぼくが醤油好きだからです。

注意すべきはあまり複雑なものを考えないことですかね。どうせ作れないけれど、なにか野菜の細切りを炒めて甘味あんかけにしてシナモンをパラパラ。

なんてやると作っているうちにさっきのいきなりガバッと起きて「そうだモヤシだ！」というバクハツ的動機と期待と希望感がどこかへいってしまうから注意しましょう。


キャベツも夜中に「ハッ」と気がついてバリバリやりたくなる危険物だ。人間青虫化に近い症状だが、これには幼少期の貧しくともシアワセだった記憶が根底にある。

幼少期といっても二十歳ぐらいの頃の経験でぼくは同じ歳の仲間四人で東京の下町のボロアパートで二年間共同生活をしていた。

極貧生活でもちろん自炊だ。

近くの八百屋さんと魚屋さんと仲良くしていた。わざと夕方ちかくそれらの店に行ってウロウロしている。店じまいの頃、魚だとトロ箱、八百屋だとダンボールなんかの片付け仕事を手伝ってあげる。段取りがわからないからはじめの頃はかえって余計な邪魔者だったらしいがだんだんコツがわかってくると少しは店の役にたつ。

そのうち店主と仲良くなってダンボールにいれた形の悪い野菜などを「ほらコレもってけ」などとそっくり貰うことになっていた。

魚も同じで足の早い種類の魚が余るとそれをドサッとくれた。

こういうものをアパートに持っていくとその晩は豪華チャンコ鍋風になってうまいのなんの。

その頃、キャベツが単独でけっこう活躍していた。これはタカラモノのようなものだった。ほかの貰った野菜の中でひときわピカピカ輝いていた。こういうときは最初はほかの野菜を入れない。

大きなフライパンでさっとキャベツを炒め、カツオブシと醤油をかけて素早く食べる。それだけが夕食のおかずだった。

その次に我々が何よりも大切にしていたのはタマネギである。赤茶系の網袋に入れたタマネギは鴨居《かもい》にひっかけて空中につるしておいた。ぼくたちのシャンデリアであった。

それを見ていると食うものが何もなくなったら「タマネギ」がある。あすへの生きる力が湧いてくる。安心して眠るのである。タマネギのみじん切りに醤油とカツオブシをまぜてあつあつゴハンにパラパラまぜたら無敵のおかずになった。

誰か千円札を拾ったとか、パチンコでとってきた「サバの水煮」のカンヅメが六個もあるようなときには「祝い鍋」というものをやる。

サバ缶の中身を一ケ鍋の真ん中に置いて水をいれてぐずぐず煮立ってきたら我々の部屋には冷蔵庫がなかったから新聞紙に広げて保管してある野菜が悪くならないうちにドバドバ入れ、煮立ってきたら味噌の味つけだ。わすれもしない高級感溢れる「キャベサバ鍋」。

これをみんなで競争するようにして食うのだ。だからいまだにこのときの夢をときおり見るのだろう。そして潜在意識のなかでキャベツが突出してくるのだろう。

もうひとつ真夜中とか明け方にいきなりすぐさま食いたくなるものがある。

それは自分でも意外なのだがモナカアイスというものがありますね。甘党ではないので暑くてもどうせウタカタのものだから普段アイスクリームをそんなに食べたいとは思わないのだけれど、モナカアイスだけは別だ。

実際、クルマで移動しているときなどサービスエリアなどに寄って誰かが「モナカアイス食う人?」などと言うと「ハーイ」と手をあげてしまう。乗っていた男たちが全員手をあげる。男はモナカアイス好きなのかも知れない。ほかのアイスクリームを頼む奴はすくなくともぼくのまわりにはいなかった。

ぼくが見た夢のように、夜明けにモナカアイスばかりドンブリにいれてわしわし食っているおっさんの姿は異常なんだろうけれどわしらにはしあわせなのだ。もっともそういうことを夢と思うだけで実際にモナカアイス丼を食ったことはないのだけれど。

でもぼくはむかしからなにかのドンブリを見ると箸で全体をぐちゃぐちゃにして食いたい欲望にコーフンした。一度ぐらいやってもいいだろう、というドンブリ界の常識破壊の深層心理があるのかもしれない。

いちばんやりやすいのが「うな丼」だ。名古屋のひつまぶしはそれを公然とやっている。だからあの方式だと「かつ丼」が出てきたらぐちゃぐちゃにしてしまう。「天丼」なんかやりやすい。「鉄火丼」もいけそうだ。でもどれもまだ一度もやったことがないのはどうしてなのだろう。

カキピーガリポリ実記

ビールに枝豆プチプチの季節がほぼ去っていった。と、言いつつこれを書いているのはまだ八月最後の週なんです。意外にいきなり涼しくなり、草の虫なんかもチリチリ鳴いて、あの殺人的な凶悪猛暑がやっと一歩後退しはじめたのかな、と一瞬思ったからだ。しかし、いえいえそうではありませぬ。

あのお風呂ぐらいの暑さである四十二〜四十三度ごえの熱風と熱暑の空気が好き放題にあばれていた凶悪な気圧配置がいつ戻ってくるかまだわからない段階です。とテレビの気象解説者が言っていた。うーむ。こういう気象解説の人は世のなかの人々が朝方からちょっとやる気になるようなウソをついても許されるような気がする。

冷え冷えビールに枝豆プチプチのアチアチ熱気が「いやちょっとばかし留守にして悪かった」などと言いつつ、いつ戻ってくるかわかりません。用心せねばなりませぬ。

アレ、変だな。今回なんでこんな武家の奥方みたいな口調になってしまうのだ。

　ここでぼくは正直に告白しますと、枝豆というのは山形県名産「だだちゃ豆」以外の、そこらの平凡なものはあまり好きではないのです。カレーには上等肉よりも絶対に雑バラ肉がいいけれど、枝豆はそういきません。だだちゃ豆は全体にふっくらピチピチしていて、ビールをゴクゴク飲んでプハーッとやっているあいだに右手で簡単にサヤからプチプチはじき出せる喜びというものがあるけれど、そこらのいいかげんな店で「約束ごとですから」と言い訳しつつ出てくる身元不明のしなびた枝豆はこのプチプチ動作の連続が難しく「まだ出ぬか　枝豆に気をとられて　もらい水」という名句があるようにそれらはあまり信用できないのです。

　信用できない、ということになると、このへんな文章を書いているモノカキが一番信用できませぬ。おのおのがたナギナタを持て！　とまた武家の奥方に怒られてしまいます。

　ぼくはひっきりなしにビールを飲んでいるバカ者だから、わざわざ茹でなくても食える、そこらのコンビニで簡単に売っている通称「カキピー」なんかでツマミは十分です。これを袋から適当につまみだして口の中に放りなげ、ガリガリポリポリやっているだけで十分なのです。

　最近はここにカシューナッツなどという舶来ものをまぜた三種混合がキヨスクなんかで

簡単に買えるから文明開化とはよかですばい、といま人気の西郷どんも言っています。

さらにここにクルミや炒めたソラマメなんかも投入した五種混合なんていう連合軍みたいなのもあって、これらを掌いっぱいにして口の中に全部放りなげると口の中は阿鼻《あび》叫《きよう》喚《かん》と化してもう大変。歯はまあなんとか粉砕努力、いや奮闘努力か。まあ必死で噛み噛みして胃袋方面のために頑張っているけれど、長く続くと顎《あご》が疲れてくる。

モノゴトというのは面白いもので、こういうカリカリコロコロ固いものを長く食べて、いきなりおでんなどを食べるのはいけませせぬ。と、また奥方が出てきてナギナタ構えて裾など払いつつ叱責いたします。

清少納言なども「ようよう長きにわたって柿ピーなど噛み噛みしつつ、いきなり味噌田楽など口にせば、歯は踊り、舌は丸まりて筒巻き煮と変じ、のけけじみて、いといみじきものなり」と『田楽史』で警告している。（注・のけけ＝イカの丸煮のこと）

電車のなかであまり下品なガリガリ音をたてないようにカンビールなどを飲むときには昔はイカクンなどが幅をきかせていた。そうなると黙ってはいられないのがタコクンだがこれはあまり目にしない。やはりサイズの問題があるのだろうか。

むかしぼくが好きだったのは塩マメだった。これをしっかり噛みしめていると少年時代に母と親戚の家に行くのに夜行列車で新潟県の柏崎まで行った事があり、当時は駅のホームに弁当や各種オツマミなどを売るおじさんがいて、母はぼくに塩マメを一袋、というか、当時は経木を器用に丸めた三角筒のようなものに入れて売っていた。それを買ってもらい「お母様。これをぼくが全部食べていいのれすか」と少年マコト君は育ちのよさを隠せない言葉づかい（一部素養破壊あり）でそう聞いたのだった。

「いいからそれでも食いながら早く寝ちまいな。寝る前にションベンすんのをわすれんじゃないよ！」

と、母は身分を隠し、わざと乱暴にそういうのだった。しかし母の身分っていったいなんだ？

戦国時代に兵たちがそれぞれ兵糧として携えていたのはすぐには腐らないカツオブシやコンブ。場所によっては煮干しなども空腹のときにボリボリかじっていたらしい。よく見るとこれらはみんないい「出汁」になる。山の猪を捕まえると焼いてそのまま食べたというが、猪など捕まらないときはそこらの畑からほうれん草や大根を盗んできてこの出汁で煮て「野菜鍋はコレステロールの心配もないから体にようござる」などと言ってそこらの竹林から切ってきて作った竹の節を利用したウツワでアヂアヂズルズルなどやっていたのも「いとおかし」と清少納言は竹林の端のほうで眺め、筆でサラサラその感想を書いていたのだろう。

　位の高い将兵は「いいぼし」などを袋に入れて腰にぶら下げていたという。いいぼしというのは米を炒って乾燥させたもので、本など読むかぎりではなかなかうまそうである。

　戦場では敵の襲撃がまず考えられないところでは、この「いいぼし」を腰の袋から出してポリポリやっているうちにのんべえの大将などは家臣に民家に押し入ることを命じ「どぶろく」などを徴収し、グビグビ、ポリポリやっていた夜などもあったろう。

ながもの料理

いまはあまり一般的な料理として食卓にあがることはないようだけれど、田舎のほうに行くとまだ「どじょう」をよく食べているようだ。

旅のつれづれにひなびた温泉付きの民宿でどじょうとゴボウを煮たものをだしてもらった。

どじょうは一部の地域では栄養があって「精」がつく、などと言われてなかなかの高級料理だったりする。

浅草のほうに行くと今でもどじょう料理は人気で老舗の店が何軒かある。その場合は暖《の》簾《れん》やメニューに「どぜう」と書いてある。

ある老舗では小型の鉄鍋にどぜうを横たわらせ、その上に大量のネギが乗っていてこれにトウガラシの粉など好みの味つけをして食べる。そして酒を呑む。うまい。江戸前である。

山陰のある安宿で聞いた話だがたしか「どじょうの隠し豆腐」と書かれた料理があり、これは薄味のついたたっぷりの汁に豆腐を一丁いれ、同時に数匹の生きているどじょうをいれる。数匹といわれても困るがたぶん五、六匹だろう。でもって火をつける。当然ながらゴトゴト煮立っていく。

こういうことをされて困るのはどじょうだ。当然あちち、あちち、ということになる。あたりの出汁《だし》よりも豆腐が煮立つのは時間差があるから、どじょうたちはみんな出汁よりまだ冷たい豆腐の中にもぐりこむ。

でも気のどくながら豆腐も煮えていき、そこに潜りこんだどじょうもやはり豆腐と心中。「あちち煮」となる。

あくどい宿なんかではその段階で鍋の蓋をあけて客にみせる。あれれ。さっきその鍋のはじまりの頃は熱心に泳いでいたどじょうたちの姿がまるで見えない。

「ふひひ」などと笑いながら宿の人は煮立った鍋の真ん中の豆腐をまな板にのせ、包丁で切っていくと、世にも稀な「とうふドジョウ煮」というものを誇らしげに見せてくれる、というわけらしい。

もう少し山の中に入っていくとヘビがごくごく当たり前の栄養食品として存在する。ヘビ料理はいろいろあるが、日本のある山村では「ヘビのまぜごはん」というものをつくっているそうだ。ヘビといってもいろいろあるが、そのまぜごはんは小さな「ヤマカガシ」が一番うまく、いろいろとあんばいがいいという。つくりかたは簡単で研いだコメの水加減を通常より多めにし、火にかける前に生きたヤマカガシをそこにいれる。

そうして釜の蓋におもしを乗せて、炊けるのを待つ。この釜の蓋には仕掛けがあって二〜三センチの穴があけてある。

釜のなかで「なんだなんだ」とうろたえていたヤマカガシは米と一緒にどんどん炊かれていくから苦しさのあまりやがて蓋の穴に気がつき、そこから脱出しようとする。それを待っていたのが山の宿の料理人。

ヘビは頭だけなんとか外に出せてもそれより太い胴体までは穴からだせない。もがいているうちに胴体も煮えてしまう。

山の料理人はめしが完全に炊けたのを待って、蓋から出ているヤマカガシの首を持ってぐぃーんと引っ張ると煮えた胴体は釜に残り、ヘビの頭と骨だけが外にひっぱりだせる。

そののち味をつけてホカホカのヘビのまぜごはんが出来上がる、という訳だ。石川ゴエモン状態となったできたてヘビのまぜごはんはたいそうおいしいらしい、という。

——しかし、このドジョウにしろヤマカガシにしろ、この話は全部ウソである。

まことしやかに山宿の人が旅人に話しているうちに、少しずつ知れわたり「なるほど。

そういうものがあるのか」と信じられていったらしい。

日本の山人のなかで「まむし」が食べられているのは本当である。若い頃、ぼくはいろんな山に登っていたが幾度かマタギに会い、一晩泊めてもらったりした。そのとき囲炉裏《いろり》の上にタケの長串などにくねくね状態に突き刺されたヘビの燻製っぽいものをよく見た。燻製っぽいじゃなくてまさしくマムシの囲炉裏いぶし、というものだった。

「何よりも元気がでるぞい」

などと言われてその燻製マムシのいくらかをいただいた。ぼくはヘビに弱いのだが、その燻製は味が深くてうまかった。本当にそこからさらに高い山に登っていく底力になるような気がした。

沖縄方面に行くとハブになるが、これはもっぱらハブの泡盛づけ、が一般的だ。でもひときわハブの多い奄美大島ではハブ料理専門店というのがある。いろんな料理があるがあまりはやってはいないようだった。

沖縄でもっともよく食べられているのが海ヘビで通称「エラブチャー」「エラブウナギ」とも呼ばれている。

ぼくは若い頃スクーバダイビング（タンクをしょって海に潜っていくやつ）をよくやっ

ていたが場所によってはこの海蛇エラブだらけのところがあったりする。猛毒でハブの二十五倍の毒がある、と言われている。平均一メートル以上あり、こいつに遭遇するとあまりいい気持ちはしないが、毒牙は口の奥のほうに生えていて、指など出して「おいエラブーウミヘビよ」などといって口のほうに持っていかないかぎり噛まれることはない。

このエラブーは乾燥させて巨大な蚊とり線香型にしたりステッキ型にしたりしてそこでいっぱい売っている。これを出汁にスープにするとたいへんうまい。体が元気になり、風邪などひいたときにそれを呑むと本当に一発で治る。日本のヘビのなかでは最高にいい奴なのだ。ぼくはこのエラブーだけはシッポを掴んでぶらさげることができる。海蛇は浮力のあるところで生きているから腹筋も背筋もよわく、シッポを掴んでもぶらさげているぼくの手まで口が届かないからだ。

「もってのほか」日記

いろんなものがおいしい季節になった。

家の食卓がいろとりどりで見た目ですでにおいしい。食べるともっとおいしい。

思いだしてみると、まず季節限定の「もってのほか」。

赤や薄桃色の菊の花を酢でしめたものが猪口ぐらいの小さな器にちょこんと入っている。菊の花はシャキシャキした歯ごたえで気持ちがいい。そんなに沢山食べるものではないから酒の肴《さかな》の前菜にちょうどいい。

しかしこの「もってのほか」という名称が不思議である。広辞苑でひいてみると「以ての外」と書いてあり「とんでもないこと。常軌をはずれたこと。思ってもみないこと」とある。まあ考えてみると花を食っちゃうんだからそうかもしれないなあ、と少し反省した。

菊の身になって考えると、本人（菊の花のコトね）は綺麗に咲いて、そこらを飛んでいるトンボやアブなんかに「どうかしら」などとシナをつくるつもりでいたのにたちまちむしられてヒトに食べられてしまう。ほかの花はそんなことはないのに、と思っているのにちがいない。

「菊の花は鑑賞するものであってそれを食べてしまうなんてとんでもない！　常軌を逸しています！」と怒るのも仕方がないのでしょうなあ。

「すいません、すいません」と詫びながら食卓の次の鉢にうつる。

カボチャとワカメを煮たもので、まだ湯気をたてている。カボチャは見るからにホクホクして、その隣に少し戸惑ったような黒い顔のやわらかそうなワカメが寄り添っている。陸のものと海のものがこのようにいきなり隣あわせになるなんて本人たちはあまり考えていなかった筈だ。

小さな椀にはダイコンの葉とアブラゲを炒めたものがあり、これは前日の残りだ。ビールにあうので数日保存して食卓にだしてほしい、と頼んでおいたものだ。ダイコンの葉もアブラゲも色彩的には地味だけれど味に深みと実力がある。これは朝の熱いごはんのおかずにしてもたいへんおいしいんですねえ。

その隣の鉢にはトマトとチーズを角切りにしたのをなにか白いソースでまぜ合わせたものがあり、白と赤の組み合わせがうつくしい。

その前には本日の主賓であるマグロの赤身の刺し身にアボカドを刺し身のように切った

ものがよこたわっている。こっちは赤と緑の組み合わせだ。

マグロの赤身とアボカドを一緒に食べると大トロの味になる、ということは前に書いた記憶がある。不思議なことに本当にそうなのだ。だからマグロは中トロを売っていてもわざと赤身を買ってきてくれる。

よく考えるとこっちも陸のものと海のものの組み合わせだ。しかし結果的にはアボカドが助太刀をしてマグロを大トロにしているのである。だから「もってのほか」ではなく「かたじけない」と呼ばれているのである。これは本当はウソですが。


翌日は盛岡に行った。いろんな成り行きでいまぼくは一年に四回盛岡に行って「食べ物」の話をしている。その前の年は「映画」についての四回話だった。

食べる話はそのあとに希望者三十人ほどとその回のテーマである食べ物をだす店に行ってみんなで乾杯し、その日の話にちなむものを食べることになっている。

そして今回のテーマは「麺類」であった。

盛岡は「麺」の街で、いろいろ変わった麺がある。有名なのは「わんこ蕎麦」だけれどあれはなんというか、一度見たことがあるけれどどこか別の章で語りましょう。

その日の我々はとにかくいろんな種類の麺を食べるのだった。もちろん少しずつだ。

最初はここらの名物「せんべい汁」でラーメンを食べる、というものだった。続いて名物のじゃじゃ麺。肉みそがのっている。次は冷麺。そして焼き冷麺。出てくるまで想像が難しかったが、その名のとおり冷麺を焼いたもので、意表をついていたがなかなかおいしかった。そういうものを肴にしていろんな酒を飲んでいったわけだけれど、宴なかばにしてちょっとざわめきがおきた。

なんだろうと思ったら、その店はいわゆる「大食い」イベントをやっていて、その挑戦者が入ってきたのだ。

聞けばラーメン玉七個の超大盛りという。出されたそれは大きな植木鉢のようなウツワにあつあつラーメンがどさんと入っていてまあ一般的にいえば十人前だ。それを三十分以内に食べることになっている。

挑戦者は三十代ぐらいの若い男だった。どうやって食べるのかぼくはすぐそばに行ってじっくり観察していたけれど最初は麺だけ普通のラーメンドンブリにいれてフウフウ息で冷ましながら食べる。汁なしでも何回もかき回して食べるのは回転させて空気に触れさせて冷ましているのだという。なかなか科学的なのだ。

「食うのはいくらでも食えるけれど熱さにやられるとペースがおちるんだ」とその男は言っていた。もう何回も「大食い」に挑んでいるんだという。

見ているとにかくその単純作業をどんどんやっていく。二十分ぐらいで麺は殆どなくなった。しかし洗面器二杯ぐらいの熱いスープがまだ残っている。男はペースを緩めることもなくそれを通常のラーメンドンブリに移してとにかく地道に飲みはじめた。もう食物摂取というよりなにかの「運搬工事」のようだ。そうして見事に時間内にからっぽにして賞金五千円を貰って出ていった。

いやはや常軌を逸したそれも「もってのほか」の出来事だった。

輝け駅弁大賞「海老づくし」

毎年そうだが秋はスポーツ、読書、味覚に食欲、そして文化の季節といわれている。理由はよくわかりませんけどな。

スポーツはわかるけれど、活字ばなれのいま、秋の声を聞くと「そうだ！　読書だ」といってにわかに自分のまわりにいろんな本を山にするというヒトがどれだけいるかちょっと見当がつきません。山にしただけでヒルネの枕にする、というケースのほうが増えているような気もしますがね。

ま、そういうことはともかく、こういう風潮に巻き込まれてこの秋は晩秋にいたるまで作家としての講演仕事が五、六件連続してました。作家も三十年以上やっているとそこそこ対応できるもので、要請されるテーマによってはそれがきっかけになって今まであまり傾倒してなかったテーマなどに首をつっこみ、新たな思考の刺激になったりしていろいろタメになります。

講演などは夕方からが多いのでむかしは講演が終わると招聘《しょうへい》してくれた組織なり機関などがいわゆる「うちあげお座敷」をしつらえてくれて、まあ一杯やってその地に泊まって帰ってくる、ということが多かった。

たいてい十人ぐらいの規模だが、当然ながら酔ってくるといろいろ大騒動になり、いつのまにか随分飲んでしまう。その結果酔ってしまう。まあ地元名物の御馳走がいろいろ並んで楽しいのだが、最近は歳《とし》相応に酒量もへり（若い頃は日本酒でいうと七、八合は飲んでいた）、飲みすぎて翌日起きて帰りの列車に間に合うように支度をして駅に行くのがたいへん面倒になってきた。

歳をとってくるとそれが面倒なのと、新幹線をはじめとして交通の利便がだいぶよくなり遅くなってもその日のうちに帰ってくることができるようになった。それを理由に、主催者などとの宴席をスリヌケ一路帰宅、ということが可能になった。そうなるとたいてい夕食前に帰路につくから、そういう場合は駅弁にビール、という黄金の単純な組み合わせになる。これは楽しいですなあ。

その土地の名士と飲むのもそれはそれで豪華だし楽しいものだけれどお酒をやったりとったりの儀式というのは（こっちは一人だから）結構疲れるもので、ひとつの仕事を終えたあとは黙って一人になるのが至福なのですなあ。だいたい遅い時間だから列車もすいているし。

駅で売れ残った駅弁を買う。最近はむかしのように「名物お弁当屋」などというのがすっかりなくなり、駅構内に「コンビニ」ができていて、いかにもコンビニらしいものをならべています。しかしこれ超つまらないね。

あるときサンドイッチしかなくてよく見たら製造元は東京だった。なんだか怒り、すぐさま足で踏みつぶしてしまいたくなったが、そうすると空腹で東京まで帰らなければならなくなり、そうするとぼくは東京サンドイッチの単なる運び屋、ということになる。

はっきりいうが日本のサンドイッチはみんな圧倒的、決定的にまずい。パンはほぼ固くなっているし挟んであるものがベニヤ板みたいなハムにまともな味のしないタマゴ。肉はこれをつくる直前までビニールパックに入っていたものです、とわかるくらい冷たく各種保存調味料のかおりがただよう。シクラメンのかほりとは随分違う。

アメリカでおにぎりを絶対買ってはいけないように日本のサンドイッチは欧米のものとはまったくちがう。互いに味づくりの歴史と伝統が違うものなあ。

本場のサンドイッチは絶対冷凍なんかしないしホワッとしてジュウシーだし、一口食べて「あっ、もうひとつ買っておけばよかった！」とおもわせるしあわせの味だ。これはホットドッグでもパイでも同じ。ミートパイなんかウワーウメー！　と叫ぶとまわりの人が

「あっアジアのヒトだ」といって笑って見ていたものなあ。

この秋ぼくはやたらと北の町での講演会が多かった。毎年行っている盛岡は「冷麺」を食わないと話にならない。しかし冷麺弁当はまだ開発されておらず代打の切り札「さけはらこめし」で十分満足する。これは何年か前に全国駅弁コンテストで一位になったものでシャケとイクラのまぜごはんだ。それだけの単純なものだがこれはごはんもおいしいので、もうなんにも文句ありません状態になる。ビールだってすすむ。駅弁の食い方はビール(もちろん日本酒でも)をごくり。それを味わいながら本体をパクリ。これを順番にやっていく。なくなればおしまいだが、ぼくは遠くアルファケンタウリ迄の七万八九五日、これをひたすら食べ続けていたい。

このイクラとメンタイコをペアにしたらどうかって考えたのだろう。東北のある駅の売店は「イクラ・メンタイコ弁当」というものを売っていた。すぐさま買ったけれどコシヒカリを売り物にしている産地なのでおかずをふたつにわけて(それもちょびっとずつ)という、まあ意図するところはわかるが所詮、新参者の「思いつき」というのがすぐにわかり落選(食ってしまったけれど)。

ぼくが一番うまいと思う弁当は、ちょっとうろ覚えだが岡山だったか駅のホームでミズ

BEER
あなご
おべんとう

テンで買った「アナゴ弁当」だ。
これはアナゴをウナギのカバヤキふうにしたものを小さく切って屋根瓦状にしたもので
アナゴ煮でしたな。
さして期待して手にしたものではなかったが、これは旨かったですぞう。瓦状になった
アナゴがそれぞれ「ええでしゃろ」とほんわり言っているのだ。「めっちゃええですね
ん!」とぼくは抱きしめんばかりに答えた。相手はアナゴなので無理でしたけどね。
昨日。ぼくは慌ててかけつけた東北新幹線。そのとき車内ワゴン売りのウツクシイおね
えさんが運んできた「海老づくし」というのがうまかった。本当にごはんもおかずも海老
だらけなのだ。時期も時期。これを本年個人的駅弁大賞の第一位にしましょう。

お餅の記憶

子供の頃冬休みになってだんだん師走となってくると近所のお米屋さんが大きな木の入れ物を肩にして「あいよ」と言って重そうなものを届けてくれた。

何がきたのかすぐにわかった。頼んでおいたつきたての餅が届いたのだ。何枚もの「のし餅」と大小いくつかの丸餅で、一番大きなのは床の間に飾られた。大きな餅とその上の小さな餅のあいだになにやら綺麗でいかめしげな飾りものがついており堂々として横綱の土俵入のようだった。

「このお餅は神様に捧げるのだからあちこち指で押したりしちゃいけませんよ」

と必ず母は言った。もっともその前にぼくはいつも素早くあちこちを指で押し、昨年とくらべてどうか、弾力などをはかっていたのだけれど。

本当のつきたて餅は底に板などしかないと全体が変形してしまいそうにやわらかく、うっかり触るとたちまち怒られたので、床の間の真ん中に置かれてしばらくしてから今回の弾力具合をたしかめた。ほどよくやわらかく、しかし確実にははねかえってくると「今年はいい餅だぞ」などと弟に言ったりした。

何枚もある「のしもち」は、母が全体の弾力具合など見て、包丁でそれを切るだいたいの時間を姉などに言った。

のしもちを切るのはけっこう難しく、最初は母が切る前に全体を眺め、物差しも使わずまっすぐに端のほうから切っていった。

一本の細長いのができるとそれを物差しがわりに次の細長いのを切っていく。

一枚ののしもちがそういう短冊状になると今度は横にこまかく切っていく。こまかくと言っても、我が家でお正月になると兄弟姉みんな仲良く揃って二日の夜にやる「百人一首」の手札一枚ぐらいの大きさだ。

手伝いのために集められたぼくたちはそれを手長盆に並べる係だった。手に触れる餅の感触がなんとも言えずここちよかった。

母の包丁切りがおわると沢山できた切り餅を三十分ぐらいそのまま乾燥させ、いくつもの大きなザルに入れられ直射日光のあたらない縁側にならべられた。

そのくらいで大体ぼくたちの仕事は解放されるのでそのうちの何個かを持っていってコンロの火で焼いた。

コンロの火はあらかじめ弱火にしてあったけれど丸い餅網の上に乗せるとすぐに膨らみはじめる。それをアチアチアチチなどと言いながら表裏さっと焼いて、すぐ食べるのが旨かった。

何もつけなくても十分モチゴメの味が旨かったけれど、姉は自分が好みの醤油に少し砂糖を入れたのをちょっと餅の一部を浸して食べるようにしてくれた。

これが旨かった。そのうちに母親がやってきて、彼女は自分が好きな焼いた浅草海苔をハサミで切ったのを餅にまいた品川巻きをいくつもつくり「さあ食べなさい」とどっしりした顔で言った。それを口許《くちもと》にもってくるとプーンと潮のかおりがして、さらに大人の気配もしておいしかった。

そうしてその切り餅は元旦のお雑煮として主役然として出てくるから、日本の餅というのはたいした役割を果していたことになる。

お餅はゴチソウだけれど十数個まとめて机の引き出しなんかに隠しておくことができた。いつかよほど空腹のときに自分で焼いて食べるための備蓄食料だった。

それをぼくと兄と弟までやるものだから、あれだけいっぱいあったのがみるみる減っていくのを母が気がつき、それらを隠匿しているのがぼくたちだということも発覚した。

「みんな自分のところにしまいこんであるお餅を出しなさい！」

確固たる隠匿物供出命令が下る。

その頃の母の威力は絶対だった。

ぼくたちはみんなで隠してあった餅を持って自首する。

それは家の餅が極端に少なくなって発覚した時期だから一月十五日をとうにすぎた頃だった。

当時の餅は防腐剤などいっさい入れていないのでみんなが返しに持ってきた餅のいたるところにカビがはえていた。カビはいろんな色をしていて、こいつも生物なんだな、とじっくり見ながら思ったものだ。

兄弟三人は次の母の命令に従ってそのカビを包丁やナイフを使ってはぎ取る仕事を命じられる。弟にナイフは危ないのでぼくと兄が切りとったカビつき餅をかたづける仕事を命じられた。

餅のカビの多くは表面にとりついているものだったが、よく見ながらやっているとときどき例外的に餅の奥深くまで入り込んでいるのがある。

子供心にも、そういう浸食したカビは「よくない」ものなんだろうな、と思った。

兄と相談して三分の一ぐらいまで浸食しているそういうのは思い切って半分ぐらい切っ

ていまいましいけど捨てることにした。

「こういうのを食べるとどうなるのかな」

ぼくは兄に聞いたことがある。兄は高校生にしてはいろんな本を読んでいて家庭のなかでも「物知り」と言われてそこそこ評価されていた。

ぼくが本好きになったのはその兄に影響されているところがある。ぼくがいろんなことを質問するので兄はすぐには答えられなかったりしたがあとで必ず本で調べて教えてくれた。

その頃からぼくは友達とよくキャンプに行った。冬は無理だから春から秋までだった。キャンプといっても中学生だから自分の住んでいる町の海べりとか町の背後にある小さな林の中などだった。

味噌汁みたいなのを作って、家で作ってきたオニギリを食べたりしていた。そのとき、餅があればなあ、と思ったものだ。

おじいのおじや

長い時間をかけて原稿仕事をし、フと気がつくと午前三時ではないか。おなかがすいた、ハラペコだあ、と思ってもこんな時間に大きな声でそんなこと叫んでたら叱られるだろうなあ。

いいえ、誰が叱るものですか。マコト君はこんな時間まで本当によく働いていました。と、世間は言う筈だ。

しかしそう書きつつ思ったのだが「世間」というのはけっこう冷たいものでたぶんそんなふうに簡単には褒めてくれない。

その世間というのはどこでなにをしているのだろうか。演歌なんか聞いていると世間がよく出てくる。しかも世間は強い力を持っているのだ。昨年の大晦日も「世間」がいた。一番ハラたつのは「昭和枯れすゝき」のなかにいる世間だ。さくらさんと一郎さんは張り裂けんばかりにしてまだ歌っていた。恋人同士の二人を世間はなぜ引き裂くのだ。二人はあんなにも愛しあっているんだから許してあげればいいではないか。しかし「なに」を許してあげればいいのだろうか。世間の居所がわかればマコト君が訪ねて行ってかけあってやりますよ。

でも、なにをどこから交渉していいのかよくわからない。ひとつだけわかるのはこういうコトを何時までも書いているとこっちが世間に怒られるんだろうなあ、というコトである。とくに本誌（『女性のひろば』）の読者はいろいろ正しそうな人ばかりのようだから気をつけなければいけません。

でもそんなことを言っているうちにどんどんマコト君の空腹がつのるのですよ。ん？しかしこんな用語はあったのだろうか。募る、というのは募集するというコトバがあるように集まるという意味が八割ぐらいあるような気がする。だから「空腹」は募らないのではあるまいか。空腹の人が一万人集まると暴動がおきます。では「満腹」なら募っていいのだろうか。

こういうコトを書いていると本誌の世間はまた怒りだすような気がする。どうしたらいいのだ。ヘンなところで深みにはまってしまった。

そうだ。おなかがすいたハラペコだ、と幼児のようなことを言っていたのだった。今はそっち関係のほうをなんとかしなければいけなかったのだ。そこでさくらさんと一郎さんにはこたつにでも入って愛について語りあってもらってマコト君は台所方面にむかい、なにかうまいものがないかなあ、と物色したのだった。

でもウチのやつ（妻ともいう。テキともいいますな）はマコト君とちがって人生も毎日の生活もいろいろキチンとしていて食品関係なんかでは残ったものはみんなタッパに入れられている。

冬眠あけのクマのようにあちこちひっかきまわしていると「世間」より先に「うちのテキ」に怒られそうだからしばし考えた。なにか簡単にぼくにも作れそうなうまいものはないだろうか。

よく見ていくと夕べいただいた味噌汁があった。長ねぎとアブラゲの具だ。

「あっ、そうだ！」

いいことを思いだしてマコト君は喜びネコはこたつで丸くなるのですよ。コレコレさくらさんと一郎さんの愛の邪魔をしてはいけませんよ。

味噌汁にごはんを茶碗一杯ぶんぐらい入れてぐつぐつ煮込み、ほどよいところで生タマゴをポトンと割り入れる。

おじやである。

夜更けのじいちゃんが作る深夜じいやの深夜おじやである。これわかりますね、世間のみなさん。

ばあやにはつくれないおじやですね。

うちのテキは余ったごはんをおにぎりにしてラップにくるみ冷蔵庫に入れていることがよくある。これを我が家では「ごはん玉」と呼んでいます。ごはん玉はいいやつです。さがすとわりあい簡単に見つかった。やれうれしや。犬はよろこび庭かけまわるのです。でもうちには庭なんかないんだけれど。

ゆうべの味噌汁の残りをガスコンロに乗せて火をつけます。現代だからこのあたりまでまったく簡単ですがぼくが子供の頃は、七輪で炭火をおこし、シブウチワでパタパタやってその上に鍋を置かなければならなかった。

夜更けの三時頃にそんなことをやっていたら母に絶対怒られます。庭の犬も異常を察してワンワン吠えます。

子供の頃に住んでいた家にはけっこう犬も駆け回れる広い庭がありました。犬の名は「パチ三号」。ポチではなくパチです。なぜそんな世間の常識にはむかうような名になっているかというと、ぼくの父は公認会計士という仕事をしていて、いつもソロバンパチパチだから世田谷にいた頃飼った最初の白い犬が「パチ」という名なのです。それいらい初代の犬が死ぬと次は「二代目パチ」となりました。なんか歌舞伎役者みたいでしょう。

父が年寄りになって千葉に越したとき飼ったのが「三代目パチ」。ぼくが拾ってきたノラ犬はいつの間にか「ジョン」になりました。その当時は庭でも外でも放し飼いでした。ネコはもちろん世間の犬もみんな放し飼いのよき時代があったのです。

さて煮えてきた味噌汁にごはん玉を入れて弱火でさらにゴトゴト。全体がアチアチ状態になった頃、生タマゴを割ってポトンとその中に入れます。あっ、この話、少し前に書いたような気がするなあ。じじいになって昨日食べたものも忘れてしまっているのです。だからそのへん世間も許して下さい。

蓋をして数分。この時間、とても楽しいね。鍋だって嬉しくてゴトゴトいっています。

まだかな、もういいかな、ちょっと早いかな。でもまだならもう少し煮ても世間はめくじらをたてたりしない筈です。しかし、今思ったのだけれど「めくじらをたてる」って何をどこにたてるのですか。

特製もんじゃ焼き

若い頃、いろんなアルバイトをした。

「フーン世間はこうなっているのか」と驚きつつ感心したのは屋台店の仕事だった。

その屋台の親父は「なんじゃもんじゃ焼き」といっていたが仕事を手伝いながらぼくは「なんでもかんでも焼き」という言葉のほうがぴったりだなあと思い、それはそれで感心していた。

ぼくの仕事は夕方三時ぐらいにそのぶっこわれ屋台に出勤して下準備をするところからはじまった。

たいがい祭りが行われているところで店を開くから東京周辺のけっこういろんなところに行った。賃金は高校一年にしては「まあまあ」だったがきっとそうとうピンハネ料金だったろう。内実のところはわからないけれど。

仕事は簡単だったのでぼくはそれで納得していた。まず取水できるところを探すことからはじまった。神社の境内や学校の庭にある足洗い場のようなところだ。

今は水が結構大事、ということがわかってきているから公園などに水道の蛇口があっても元栓が閉められていてタラリとも水が出てこなかったりするが、当時はおおらかだった。ただし今とちがって行政が清掃をしてくれないのでまずは掃除だ。

小さな公園の便所なども水確保には便利だった。屋台の客にはけっして見せられないようなところでバケツを洗い水を汲んだ。

そいつを屋台のあるところに運んで来る。親父がボコボコにへっこんだり出っぱったりしているボウルを出してきてそこにうどん粉を入れ、いかにも年季の入ったちょうどいいくらいにバケツの水をいれる。

ぼくは親父から渡された竹のササラのようなもので注意深くそれをかき混ぜる。ここがいちばん大事な仕事だった。あまり乱暴にかきまわすといっぱいダマが出来て、これを全体になじむようにするのが非常に厄介だ。

あまりゆっくりではなく、かといって性急に乱暴にやっても駄目なのだ。

親父はそれを「混ぜ込み三年。かきまわし七年！　なんじゃもんじゃ道だ」などと言ってエバっていた。

神社の境内などでそういう作業をしていると暗くなるのが早く、テキパキやらなければならない。水に溶いた粉にダマもなく全体がいかにも安定してデコボコがないようにするのが基本だった。暗くなるとそういう様子がよくわからないので親父はアセチレンランプというものに点火し、手元あかりにしてくれた。アセチレンランプは二種類の燃える気体のノズルを向かいあわせにして点火すると「ポワッ」というけっこう凄い音をたて、それからシュウシュウいいながら元気よく燃え続ける。その賑《にぎ》やかなアカリの下でボウルの中身をよくかき回す。

するとあかりをつけて五分もしないうちに境内にいるいろんな虫がものすごい早さで飛んできてそのうちの何匹かはボウルの中に突進する。つまり落ちる。ぼくがいちばんはじめに「あっ！」と驚いたのは結構大きな「蛾《が》」が飛び込んできたことであった。これで最初のこのボウルの仕込みは駄目になってしまったのか！　悲嘆と怒りのなかで親父にその「事故」の模様を報告した。「すいません。うっかりしちゃって」

意外なことに親父はさして気にしていない様子で「それはそれでいいんだよ。そのまま一緒にかき回しちまいな」

「え？」

「蛾の鱗粉《りんぷん》も味のうちだよ。だけどカナブンなんかの甲虫は全部が溶けないからそれはつまみだせ。蛾も大きいやつはアタマが残るからそれも取り除いてな」

ひええ、そんなもんなのか。と驚き感心したが、考えてみればシュウシュウいうアセチレンランプはその光とともに虫にとっては魅力的な「餌よせ」の組み合わせになっていたようなのだ。

蛾のほかにもっと小さな虫がわんわんいって飛び込んでくる。これは体が柔らかいので思いきりかき回しているとすぐに全体に同化していく。

ある程度練れてくると親父はそこに小さなエビとかこまかくブツギリにした貝みたいなのをドサッと放り込んだ。

ボウルの中身はどんどんかさを増し、蛾や小さな虫もまるで区別がつかなくなっていった。そんな頃にいいあんばいに最初の客がやってくる。

「匂いに誘われてきたよ。こいつでいっぱいやっていこう」

仲間連れの客はそんなことを言っている。

この人たちもアセチレンランプに誘われてやってきた蛾みたいなもんだな、と思った。

そう思ったがもちろん口にはしない。

親父がうまいことその客に口をあわせ「紅ショウガ最初から混ぜときますか。あとでのせてシャキシャキいきますか？」なんて言っている。

時間がたつにつれて浴衣をきたお姉ちゃんというくらいの若い娘なんかもやってくる。

「うーん……」

ぼくは一瞬考えるが熱い鉄板の上でジュウジュウいって焼けているもんじゃ焼きはけっこううまそうなのでまあいいか。

蛾にはとくに凶悪な毒などないはず（あくまでも推測）だし、あったとしてもこれだけ熱い鉄板で熱せられているんだからなにも問題はないはずだ。（これもあてずっぽう）

このようにして大体十一時ぐらいまで営業していた。

「タネがなくなりましたので」と親父はその頃やってくるヨッパライに閉店を告げ、ぼくは後片付けの仕事に入る。結構みんなきれいにたいらげてくれるので助かる。鉄板などは便所の水道のところにいって灰と砂を混ぜたものをつけたタワシでゴシゴシ洗う。賃金は安かったがけっこういろんな客が「ここのはとびきりうまい！」などと叫ぶのでグフフなどとひそかに笑い、とても楽しい仕事だった。（昭和三十年代の話です。今はもっと衛生的です）

エビセン体質

いつだか長距離の列車でポケットウイスキーを飲みつつ、一緒に買ったツマミの袋をぼんやり見ていて疑問に思ったのはそこに「特選珍味」と書いてあることだった。

その袋の中身はピーナッツと柿の種だった。ふたつともありふれている。二種類揃っているとはいえどうしてこれが「珍味」なのかフト疑問に思ったわけですよ。

ピーナッツとカキノタネ、どちらもありふれていて「珍味」というにはちと過剰表現ではないですか。でも多くの素直な人はこれらが無くなるまで笑ってポリポリやりつづけてしまうから「珍味とは大袈裟な」などと文句を言ったりする人はいなかったのですね。

時々これにイカクン（イカの燻製）が加わって三種混合になることがあるが、それとて珍味などと言われたら「どこが？」と逆らいたくなる。

さらにこれらのツマミは一度ポリポリやりだすととまらなくなる、という弊害が共通しています。

なにかの広告に「やめられない、とまらない」というのがありましたな。

ああ、カッパエビセンでしたね。

たしかにあのエビセンはやめられなくなるが、ピーナッツ、カキノタネ、イカクンが三種連合で攻めてくるともっとやめられなくなり、とまらなくなる。


子供の頃、ぼくはシオマメをかじりだすとやめられなくなっていた。客が帰ったあと客間を覗《のぞ》くとたぶん引っ込めるのを忘れたのだろう。塩豆が小さな菓子盆に小山になっているのを見つけるとちょっとした宝物を発見したようなヨロコビにふるえたものだ。

あれをそっくり片手に握ってひとつひとつつまみながら縁側から遠い空など見ていると、それをすっかり食べてしまうまで無心の境地になっている自分に気がつき、塩豆は偉い！と心から思ったものです。

ポリポリ噛みつつその感慨のために、

「人の世に生まるるや、一の味を飽きるなかれ。ひとつの物を静けさの内にポリポリ食らわば我もいつしか栄華のもとに」

というような心境をぼくは吐露しているのである。

しかしこれは嘘ですね。小学生の誠君がそんな詩を詠めるわけないですね。だいたいこの詩みたいなのがでまかせですから。

大人になってから食べた軟らかいグリーンピースというものも無くなるまで食べてしまったものでしたね。ああ、そうだどんどん思いだしていくのだけれどそら豆を煎ったやつもありましたな。ちょっと塩味がするの。あれは大物だったので食べ続けていると途中で休憩時間をとらないと顎《あご》が痛くなってしまい、さすが大物！　と感心したものだ。

ぼくの友人に歌舞伎揚げを与えると一袋食べ尽くすまでボリボリゴリゴリ食い続け、途中で少しこっちにもよこせ、などというと袋を胸に抱きしめ「ウーッ！」などと唸《うな》っていた。あいつも「エビセン体質」なんでしたね。でも三人ぐらいで齧《かじ》り続けているとその匂いにややたじろぐ人もいた。食っている当人たちはまるで気にならないのだけれどね。

それにしてもあんな下品な匂いのするやつをどうして歌舞伎揚げなどというのだろうか。歌舞伎座にいるお客がみんなしてあれを齧っていたらもの凄い匂いでしょうなあ。

ポップコーンも功罪あいなかばするだろう。都会の一流映画館ではポップコーンのみ客席で食っていいことになっていて、大きな紙コップにあれを山盛りいれたのを売っている。口の中にほうりこむとあれこそずっと齧っていたくなって困りました。もともとあれはアメリカ人が野球やフットボールなんか見ながら齧っているものだったらしい。だから都内の一流映画館は大きめな紙コップ一杯まで、と数量規制しているのでしょうかね。

口のなかに無意識のうちに連続投入していく食べ物は、眼前で見ている風景なりテレビの中のスポーツなりとつよく関係しているようだ。だからカウチポテトなんていうのが出てくる。

ポップコーンと並んでポテトチップスなんかはもっともアメリカ的な「エビセン体質」の無意識連続食だろう。

あのポテトチップはそれそのものをじっと見ているとたいした食い物じゃない、ということがわかってしまう。そうしてこういうものを一袋も二袋も食っていたらメタボまっしぐらに違いない、という理性が生まれるようになる。だからああいう単純連続食い物はスポーツ観戦などと結託している、と考えたほうがいい。

話は最初にもどるが、日本の「三色珍味」などは列車のガタンゴトンの振動および車窓の変わる風景と結託して味覚を助けてもらっているのである。

以前、日本海沿いをずっと行く列車の窓べで外の風景を楽しみながら二合入りの日本酒と一緒に買ったのは名称は忘れたが、乾燥させた日本海の二センチぐらいの小魚を中心にした地域限定ものみたいなツマミだった。

小魚が三種類ぐらい。それに肩幅一センチもないような小さなカニとやはり豆粒みたいなタコが入っていた。タコはちゃんと足が八本あって「これでもタコだかんな」と威張っていた。

この小さな海のおもちゃ箱みたいなツマミがうまかった。そして楽しかった。「珍味とはあのようなものをいうんですよ。ピーナッツとカキノタネ君」

わが人生のなかであのひと袋が列車肴《さかな》の代表だった。あれはいまでも探せば世の中に出ているのだろうか。金沢から福井にいく間の出来事でしたよ。

反対に見ていて一番嫌だなあ、と思ったのは中国の長距離列車に乗っているとき、むかいのおとっつぁんが食っていたひまわりの種だった。彼らはそれを上手に歯と歯の間にはさみ、プチンといって種の中身を噛みくだき、皮をプッとそこらに吐き出すのだ。皮はこっちの方までとんでくる。それもまたいつまでもやめられないとまらない状態になっていましたなあ。

世界ラーメン事情

ぼくの娘はアメリカの法律事務所に勤めていてこの春、久しぶりに一カ月の里帰りをした。ものすごく「のんべえ」になっていてぼくのいい酒飲み相手になっていた。

ぼくはこの十年ほどアメリカに行っていないから最近の話が面白い。

ニューヨークは空前のラーメンブームになっているらしい。もともとナンデモアリの街だから十年前にすでにラーメン屋があったけれど、その頃の客は日本人が多かった。でもラーメンを作っているのがどこの国のヒトかわからないことが多く、たいていヘンテコでまずかった。

しかし、いまはいろんな味のラーメン屋がいっぱいあって、日本みたいに行列ができる店もあるらしい。行列を作るのは日本人だけではなくむしろニューヨーカーのほうが多いという。

「ふーん変われば変わるものだなあ」

その晩、娘とワインをのみながらしばしニューヨークのラーメン事情を聞いていた。

人気が出たのは本当にちゃんと作ったおいしいラーメンを出すようになったからのようだ。

世界のあっちこっちに行っていた頃からぼくは気がついていたが、たいていひとつの国の都市には数軒の日本食の店があり、そのメニューのなかに「ラーメン」があった。ダメと知りつつどうしても注文してしまうが、たいてい信じられないくらいまずかった。だってパプアニューギニアの味噌ラーメンがうまいわけないでしょう。

それらのなかでも最低だったのは、モンゴルのウランバートルにある「タケちゃんラーメン」で、あまりのまずさにどうやったらこんなにまずいラーメンを作れるのか頼み込んでしばし厨房を見せてもらったら、ドンブリに中国から仕入れた醤油（たぶん魚醤）にお湯をいれ、そこに茹でたラーメンをぶち込んでいるだけなのであった。

いまや日本の最大国民食となっている「ラーメン様」をそもそも舐《な》めているのだ。おーいせめて羊のガラダシでも仕込めよ、と思ったがその店は二年でつぶれたらしい。当然だろう。でもモンゴル人が食べて、日本人はこんなにまずいのをありがたがって食っているのか、などと思われたらハラたつよなあ。

ラーメン屋はパリにもけっこうある。オペラ座通りの裏筋あたりに数軒並んでいて、日本人が関係している店が多いからまあそこそこいける。

しかし欧米の人々はおしなべて「麺をススル」ということがうまくできない。習性というか肉体的な機能というか、とにかくそういうものが我々とちがっていて「簡単にススレない」のだ。だからスプーンもしくはレンゲのでかいのを片方の手に持ち、いったんそこにドンブリから麺をもちあげて箸でからめとる、というヘンテコな順番で食っている。空中でしばし冷やしているようにもみえる。あれじゃあなあ。

スパゲティなどをいったん皿の上のスプーンにのせてそれをフォークでくるくる巻いて食っているイタリア人の食い方の流れからきているのかもしれない。ドンブリから溢《あふ》れるようにわきあがる湯気の中に顔をつっこんでラーメンをわしわしズルズルするのでなければラーメンを味わう資格はないのだ。

しかし娘の話を聞くと、最近のニューヨーカーはだいぶうまくススレルようになってきているという。ただし日本風の単純なラーメンは少なくて、たとえば「ボカノバラーメン」(ボサノバじゃないのね)という店はグリーンカレーラーメンにレモンと黒コショウをかけて食うという。聞いただけでどんな味がするのかわかりませんなあ。豚だしのツユの「トン・つゆだく」というのも人気らしい。でもやっぱりあまり食いたくないなあ。フツーのラーメンはないのか。

イーストビレッジにある「モモフク」は台湾系のつけめんが主力で、麺の上に海苔、シナチク、チャーシューがのって十四ドル（千五百円）。トンコツだしのスープにパクチーと煮タマゴ、モチが入った白濁ラーメンは千九百円。これなどだいぶ日本の南のラーメンに近づいてきているが、やや高いのでこの店に入るかどうか迷うところですな。

ウェストビレッジにある「焼き肉タカシ」の麺は徳島県のウノ木出身の人がNY現地で製麺しているというから本格的なはずだ。牛をベースにしたスープで、チャーシューにやわらかい茹でたまごがのっていて十ドル。二十四時間営業でなかなか流行っているらしい。ここなど飲んだあと気軽に入っていけるかんじだ。

ブルックリンにある「CHUKO」はついに出ました！　のキムチラーメン。ジェームズ兄弟と日系人サトウの三人チームで作っているという。みんな知らないヒトだが。

ここではこの韓国スタイルのラーメンのほかに「カナディアンスタイル」というラーメンがあってメニューを見ただけでは注文するかどうか勇気と決断がいります。ここで食べたことがあるというヒトにくわしく聞くと、全体がスモークベーコン風味のタレでポーチドエッグにペコリーノチーズが加わっている、という。

さらに韓国風味にもカナディアン風味にも「うまみ」という謎のプラス1があって勝負

技だというが、想像がつかない。

もうひとつ「ベーコンラーメン」というのがあってつまりはベーコンのだし。アメリカ人はベーコンが好きだもんなあ。

ニンニク、レモングラス、ショーガ、細切りのホウレンソウが乗せられているそうだ。味の予想がまったくつきませんですわ。ラーメンはこのようにこれからさらに世界各地でとんでもなく変化していく可能性がある。

ぼくはずいぶんムカシ、南洋の島、パラオの村長のお宅でだしてもらったラーメンに感動したことがある。聞けば日本から輸入した「サッポロ一番」がその正体であった。うまいわけである。村長は毎日一個食べないと気がすまない、と言っていた。ギラギラ太陽の下の「サッポロ」だものなあ。

カウボーイはつらいよ

テレビドキュメンタリーの撮影だったがすこし前ぼくはブラジルでカウボーイを体験したことがある。でも全ルートちゃんと地元のカウボーイ（ポルトガル語でピオンという）の十一人チームの一員として働いたのだ。

ブラジルにはパンタナールという世界最大の湿原がある。日本列島がいくつもその中に入ってしまうくらいの、とにかくでっかい湿原だ。

乾期の頃だったがあちこちにまだすっかり乾燥しきれていない巨大な水たまりがいっぱいあり、そこにはカイマン（ワニの一種）がうじゃうじゃいる。変温動物なので水に入っていないときは沼のまわりをぐるりと三百匹ぐらいがとりまいてじっと日向ボッコをしている。

ジャラカというガラガラ蛇系の毒蛇が湿地にひそみ、プーマ（アメリカライオン）などども茂みに住んでいて油断のならないところだった。

ピオンはアメリカの西部劇に出てくるのと殆《ほと》んど同じいでたちだった。テンガロンハットをかぶり大きなネッカチーフをし、長い革のムチを持つ。ぼくはそれまで世界のいろんな馬に乗ってきたのでどんな馬でも乗れるようになっていた。だから正式な見習いとして労働した。そしていろいろ体験的に教えてもらった。

カウボーイがテンガロンハットを被るのは陽除けのためでもあるが、馬に乗ったままいくつもの水たまりや川を越えていく。激しい労働だから喉が渇くが、そのときによくあるアウトドアなどで使っているしゃれた金属のカップなど取り出して馬から身をかたむけて水を汲むなんて余裕はない。テンガロンハットのツバを左右の手に持ってそれで走りながら水を汲んで飲む。残った水があるとそのまま頭からかぶる。涼しくていいのだ。激しい動きだから水筒とか行動食なんてすぐ振動で落ちてしまうので持てない。ネッカチーフはオシャレで首に巻いているのではなく乾燥したところを通過するとき四百八十頭の牛によって巻き上がるもの凄い砂埃《すなぼこり》で視界がなくなるような場所もある。そんなときネッカチーフを鼻や口までもちあげるのだ。おしゃれや伊達であれを巻いているのではない、ということを知った。

逃げる牛を追いかけたり、藪にかくれた牛を追い出したりと、もの凄い重労働の連続なので腹が減る。その日我々が出発するよりも少し早く老人の食事係が二頭のロバの一頭に荷物をのせ、その日あらかじめ決めてあった小さな川の流れ込みのようなところに行って昼飯の支度をして待っていた。ああこういうふうになっているのかと納得した。

短い時間のひる休みも兼ねての昼飯はそのあたりの川でとれるピラニアの唐揚げと固いパンだった。川から水を飲み原始的な昼飯をガツガツ食う。

午後からも同じような牛追い旅だ。みんなを元気づけるために小さなホルンを吹いている牧童頭がいる。

夕刻、湿原に陽がおちるかおちないかの頃にその日の野営場所に到着。さあいよいよ焚き火で肉など焼いてサケ（ラム酒）など飲めるのだ！　と期待に満ちたが、一日中馬に乗っていたので馬からおりると足がガニマタ化し、三十分ぐらいはまともに歩けない。プロの牧童もぼくほどひどくはないが動作がややぎこちなく、誰も焚き火のための枯れ枝集めなどやらない。

めしは大きな鍋にサイコロ型に切った干し肉の炊き込みごはんで、それだけだった。みんな並んで粉っぽいコーヒーとその炊き込みごはんを持ってすわる。アヒというトウガラシを漬け込んだ調味料をおかずにしてただもうそれを食べる。質素だが腹が減っているのでしっかり噛みしめるとうまかった。そいつを食うと疲れがどっと押し寄せてきて、誰も焚き火なんかやる無駄な労力をつかわない。

そこらにある疎林にハンモックをわたしてそこに倒れ込む。めしを食ったあとはとにかくヨコになりたいだけだった。アメリカの西部と南米ではいろいろ条件が違うのだろうが、パンタナールはじつにまったくそんなもんだった。とにかく限界まで馬をとばしたり回転させたり牛の群れを脅かすあらっぽい行動をとっていく連続なのだった。

翌日は幅五十メートルぐらいの結構激しい流れの川をわたらねばならなかった。そこにはピラニアがけっこういる。雨期の頃だとその川は倍ぐらいの川幅になるが水域がひろがるぶんピラニアの生息地もバラけてかえって安全だという。

そういう難所にくると牛たちも動物的なカンで危険を察知するのかなかなかわたろうとしない。それを牧童たちが後ろから大地に激しくムチを打ったり拳銃を空にむけて撃ったりしてとにかく徹底的に追い立てる。

後ろから押し込まれてやがて川の目前にいた牛からヤケクソのようにして川に入っていった。主に大きな雄牛がその役目になっているようだった。ピラニアは牛の群れが入っていかないといどのくらいの数がいるかわからない。沢山いる場合は沢山の牛のなかで年寄りだったり怪我などして一番弱っているのを犠牲にして流す。ピラニアは流血している獲物を一斉に攻撃してくるからその生贄《いけにえ》が攻撃されているうちに牛と人の本隊は川をわたっていくのだ。水深は場所にもよるが馬の背中ぐらいまでかぶってくるから人間の下半身も無防備になる。

そういう修羅場を小さな牛は必死で泳いでわたっていく。なるべく母牛のそばにいようとしているようなのだが流れに翻弄《ほんろう》されてなかなかうまくいかず、人間は誰もそれを手助けできない。

本隊がわたりきったあと小さな牛がやっと対岸にのぼって四肢を開いてへばっているのをみつけ、なんとか助けたいと近寄っていったら子牛は必死になって立ちあがり、牛の本隊にむかってヨタヨタ追いかけていった。余計なことをしてかえって怖がらせてしまったな、としばらく気になっていた。

追憶のボンゴレロッソ

アメリカに住んでいる娘が一カ月ほど里がえりしていた頃。短い期間だから外食はせずに父母（我々のことね）と夕食をともにしていた。彼女はもう二十年以上ニューヨークで暮らしているのでアメリカ食がすっかり主流になっているが、やっぱりふるさとのオフクロの味というのが恋しいらしく、いろいろと頼んでいた。

昼食のときにぼくにも注文があった。彼女が幼い頃によく作ってあげたスパゲティだった。ぼくはすっかり忘れていたが、それを覚えていて作ってほしい、と言うのでぼくは「喜んで！」と言った。

ときどき居酒屋などで何か注文すると「はい」とか「あいよ」などと言うかわりに「喜んで！」と大きな声で返答するところがある。「喜んでうけたまわります」と言っているのだが何を頼んでも「喜んで！」なので客のほうは慣れてしまって常連にはあまり効果はないようだ。「ちょっと二千円くれない」などと言いたくなる。それでも「喜んで！」など言って本当に二千円持ってきたら毎日通うのだけれど。二万円じゃなくて二千円というところにリアリティがあるんですね。ん？　なんのリアリティだ。

で、まあその日の娘の注文だが彼女が小さい頃何をどう作っていたのかまるで覚えていない。

モノカキなどという仕事をしていると朝方に寝て午後二時ぐらいに起きる、などということがよくあり、そういうときは台所のテーブルの上の妻との「メモ会話」で「あさめしひるめしいりません」などとぼくが書いておくことがよくある。

でも妻が買い物に行っているときなど空腹で目を覚ましたりすることがよくあるので、そういうときは自分で簡単なものを作る。

ぼくは「麺類いのち」という人生をすごしてきたので〝茹でて三分〟などというおとりよせができる便利麺を何種類か知っており通年備蓄してある。

「半田めん」といって徳島県産でうどんとソーメンの中間ぐらいの太さ。鍋のお湯がわいてきたら放り込んで、その一方で味噌汁などを熱くするとほぼ同じ頃にできあがり、小さなドンブリにいれて簡単味噌うどんなどにして「ああうまい」ということになる。

やはり青森県から取り寄せてある「鯖の水煮」の缶詰で食べることもある。少し醤油をたらし、ときおりここにマヨネーズなんかも投入する。文字でこう書くと「ひェ」などと言って一歩後退するお母さんなんかがいるかもしれないがこの鯖の缶詰と半田めんにはショウユ・マヨネーズがよく合うのだ。

独りで食っていると「ああ、うまいなあ」などと思わず口に出してしまうことがある。

これらは現在よく作るものであり娘のいうスパゲティとはだいぶ違う。

「どんな状態のスパゲティだっけ?」

彼女に聞くとくわしくおしえてくれた。急速に思いだしていく。

そうだそうだ。そんなのをしょっちゅう作っていたのだった。

まずニンニクをみじん切りにします。これは当然食べる人数によって調節する。続いてタマネギを同じくミジン切りにします。タマネギは一人あたり半分ぐらい。惜しげもなく大量にミジンにしちゃいます。

次にトマトをザク切りにします。ザク切りという本当の切りかたを知らないのだけれどザクザク切るから、そう呼んでいいんだよね。

こうしているあいだにスパゲティを茹でます。ぼくは学生の頃、六本木の有名なピザハウスの地下で夜八時から朝四時まで隔日で皿洗いのアルバイトをしていたのだけれど、その地下にイタリア人のパウロさんという初老の親切なコックがいて、その人に本場の正しいスパゲティの茹で方を教えてもらっていた。みなさんも知っているようにスパゲティにはちょうどいい茹でかげんがありますね。

それを判断するのは茹でているスパゲティを一本つまんでキッチンのステンレスの壁に力いっぱい投げつけるという秘伝がある。

そのときスパゲティがステンレスの壁に張りついたらちょうどいいアルデンテ状態になっている。そういう実演つきだった。

あるラジオ番組の対談でそのことを話したら対談相手の女優さんが笑いだしてしまって、それが生番組だったのに笑いがとまらずスタジオ全体が大いに困ってしまったことがある。

でもそれから別の日になにかの雑誌に同じようなことが書いてあったので、これは本当に実用的な茹で方の尺度らしい、と知った。

そういう体験をしていたが、もちろんぼくは多少の茹ですぎなんか気にしなかったからスパゲティの投げつけ診断は自分ではしたことがなかった。それにぼくの家の台所の壁はステンレスではなかったし。

さて、ニンニク、トマト、タマネギによるソースの素ができた。ここにアサリの缶詰（縦十五センチ、幅は通常の缶詰ぐらい）をそっくり全部いれてしまう。味つけはとくに確信はなかったのでシオ、コショウ。それに醤油。子供たちがいない場合は白ワインをコ

追憶のボンゴレロッソ

ップ半分ぐらいいれる。茹であがったスパゲティを盛った皿にこのソースをドバーアッとかけて熱いうちにハフハフハフやりながら食べるのである。

あとでかんがえるとこれは「ボンゴレロッソ」というものに近い本格的な定番料理ではないか。

娘の言う「とうちゃんが修業してつくった一品」なのである。

それというのも、ぼくは娘や息子たちにこれを作りながらいつもホラを吹いていた。

「とうちゃんはこれまでいろんな国に行って本場の本格的なスパゲティづくりの修業をしてイタリア人もあっと驚く名人になったんだぞ」

子供らは半信半疑で聞いていたが、その頃ぼくがひっきりなしに世界各地に行っていたのは事実だったので、けっこう彼らをちゃんと騙《だま》していたようなのである。

はんぺん姐さんの一生

あのね、誰に言っていいかわからないから本誌（『女性のひろば』）の読者のみなさんにむかって言うんだけれど、街を歩いているとこの店のおやじさん（おばさんかも知れないけれど）は何か本質的に間違えてるんだろうな、と思うのにでくわしますな。とくに食い物屋さん関係。

このあいだ見たのは「おでん会席」と看板に書かれていた店。雨対策にビニールかけたあまり美しくないカラーコピー写真でその一端、というか一コースが簡単に紹介してあった。飲み仲間の親父と一緒だったのでぼくは勇断した。よし行こう！　こんなところに入るとこういう連載ページの取材になるかもしれない、と思ったわけですよ。一番安い「春の糸川」茶飯つき。千百円。春の糸川コースって言ったってもう六月でっせ。

一の皿にはシオラシクおしんこにその親戚関係でちいさくまとめてある。先付（突き出し）と考えればいいのでしょうなあ。

二の皿にはコンニャク団子三兄弟。山形県あたりの名産でカラシを「たっぷし」つけて食うとまことにうまくこれはよかったです。

次が小さなハンペンとシラタキのペア。両方ちゃんと温かい。この両者がくっついて出てくる理由は説明がないからわからない。「両方とも白い」というところでしょうかねえ。器はみんなそこそこ上品な色あいかたち。

もともとおでん自身には会席として出てくる意思はこれっぽちもないようだったから、こっちもあんまり強い関心はもちません。

次はさつま揚げとコンブでしたか。まあおでん界のうるさい幹部級を揃えたというところでしょうなあ。いささか時間をおいて袋ものにハジカミが寄り添ってうやうやしく出てきた。そのおでん会食のメーンということらしい。

でもなあ、いくらいろんなことをしてももともとおでんで「会席」を名乗るのは根本的に無理があるようで、あの「袋物」の油揚げの茶色くふくらまったデカバラのどこをどういうふうに見ても「風雅」「風格」というものを感じませんね。出演者（おでん会席のね）だって出番を待っているあいだわき役のハジカミなんかはどういう表情をしたらいいのかよくわからなかったでしょうなあ。

京料理をベースにする会席料理という歴史と伝統のある食文化のなかに介入してきたも

のの、そもそもお師匠さんのおしえっちゅうものが何もないわけだから白い上品な皿にのせられてテーブルの上に出てくるときからきまり悪い思いをして、どっち向いて出てきたらいいか、というところから困りはってってなあ。こっちもハジカミのどこが正面のお顔なんか誰も知りしまへんしなあ。

あれ、なんで急に関西方面のデタラメコトバになりはってるんじゃやけんのう。もうむちゃくちゃですわ。これは「おでん」に「会席」を無理やりくっつけた店の考えかたに「むちゃくちゃ」の責任がある。

そこらの屋台のおでん屋さんを覗《のぞ》いてみるといろんな具は真鍮《しんちゅう》づくりの縦横格子になった中にそれぞれの種類ごとにちゃんとわけられて納まっている。種族の違うものは厳格に隔離監視されているのである。そうでないとすぐに喧嘩になりますわ。

つくねとイトコンニャクなんかは互いにからみあってもう大変。警察を呼ぶしまつですわ。だからそれぞれ格子の牢屋のなかに入れられている各種おでんは、早い釈放をもとめてそれぞれしきりに媚《こび》を売っています。

「会席おでん」と旧来の「格子おでん」の最大の違いはそこにありましたな。

格子おでんのほうはいかにして自分を売り込もうか、と常に絶え間ない努力というものをしてはります。

「会席おでん」はもう売られてしまった悲しみとあきらめの中に沈んでいる、ということを「会席おでん屋」の親父はまったく気がつかない。つまりはバカタレなんですわ。

一方、格子おでんの中のはんぺんなんかはその白い裸身をあからさまにさらけだす、などという下品なことはしない。

全身の半分ぐらいはその白くてキメのこまいモチ肌、じゃなかった、えーとハンペンだから「ペン肌」をさらしつつ半分はつゆの中に下半身を巧みに隠してところどころつゆにあやしく濡れて光るペン肌になってるのをチラリチラリ。

幼い魚のスリ身時代から怖いお師匠さんにたたきこまれた時代を思いだします。

「おまえは四角い顔しちゃって腰のクビレもなにもない。だからその白い肌ぐらいしか磨くものはなにもあらしまへんのや。そやからたくさんお肌磨きのお稽古をしていつか立派な『ハンペン姐《ねえ》さん』になりいや。セブンイレブンでもファミリーマートでも一番の売れっ子になりはって早ういい旦那みつけえや」

いい旦那っていったってそこらのニキビ顔の青年がいいところなんだろうけれどなあ。でも早く身うけされるにこしたことはない。

格子おでん鍋に売れ残ったハンペンは悲惨だ。もう長い日々煮返されて全身が艶っぽいペン肌どころか全体が薄茶色に変色していて大きさも縮こまってこころなしか背中のへんもまがってきてますわ。

こういう状態になるとお店のバカ親父はすぐみんな捨ててしまう、というオロカな行動に走るのだけれど、ここは「おでん評論家」のわたくしにまかせてほしい。

こういう状態になったらすべてのおでんを大きな鍋にいれる。

リンカーンのあの歴史的な解放に次ぐ「おでん解放」がやってくるのである。

新旧さまざまなおでんがひとつの鍋に解放され、味のしみこんだたっぷりのおつゆのなかで「よろこびのワルツ」を踊るんですよ。芋類、練り物、袋物、コンニャク玉にはんぺんお姐さんもいまや容姿かまわずつゆにまみれている。いろんな客がつっついているうちに煮えすぎたジャガイモは分解し、そこらにこまかく散らばって阿鼻叫喚。ここにドバアッとうどんを入れるのですよ。

クロワッサンのひるめし

北杜夫《もりお》さんの『どくとるマンボウ航海記』はまだぼくたちがなかなか海外への旅にでられなかった頃に出版された。

あこがれも含めていやはやこの旅行記はとんでもなく面白かった。最初に読んだのはたしかぼくが高校生の頃だった。

北さんは漁業調査船の専属ドクターとして乗船したのだが、こういう船の船員はたいてい頑健なのであまり医者の仕事はなく赤チン塗ってやったりしている程度で基本的に暇である。

船が外国のどこかに寄港するとヒマな北さんはその街をぶらぶら歩いてまわる。

あれはポルトガルであったたか、北さんはいきなり道でパンを拾う。

で、どこかでそれを食う。

このいきさつは恐らくどこかにちょっとした嘘が入っていると思う。

外国でいきなりパンを拾うなんてことはめったにないだろうし、それを食ってしまうのは相当力強い旅人だ。

ま、でもそれはいいのだ。

とにかく北さんはかじってみる。たいへんうまい。いままで味わったことのないうまさだ。

それはクロワッサンだった。まだ日本には横浜にも神戸にも入ってきていない頃だった。北さんは書いている。

「あまりのうまさにパンツの紐が緩んだほどであった」

この時代の先輩らはパンツを紐でしばってとめていたのだ。「うまさ」をパンツの紐の緩みで表現するなんてむかしの作家にはいつも感嘆する。いまぼくたちの穿《は》いているパンツをおさえているのはゴムである。そうなるとよほど一気にバクハツ的に反応しないとゴムが切れることはない。そういう意味では不便な時代になった。

このパンツとその紐がずっと頭に残り、いつかぼくもヨーロッパに行こう、と思った。とくにポルトガルが最大の目標地になった。

でもまあぼくは、それよりもはるか前にいろんな仕事で欧米の国々に行ってそこにはB&Bなる簡易ホテルシステムがある、ということを知っていた。これは略してベッドと朝食のみの宿だといっている。

泊まってみると非常に簡単でさっぱりしていて手続き上のいろんな面倒がない。すべてセルフサービスで朝食レストランにはコーヒーと温かいミルクとクロワッサンしか用意してない。

客は好みのサイズのカップと皿をとり、主にカフェオレにしてクロワッサンを食べる。主食はそれしかないのだからしょうがない。でも北さんじゃないけれどどこのクロワッサンがどのホテルでもめちゃくちゃうまいんですなあ。

おまけにカフェオレもクロワッサンも何杯でもお代わりできる。

はじめてこの簡易朝食を知ったときアジアの朝飯は負けた！　と思った。とくに日本のヘンにごたいそうな朝飯は食うのにえらい騒ぎだ。

日本の殆《ほとん》どすべてがそうだが、韓国、台湾、中国、フィリピンなんかも似たようなものだ。見栄なのか朝食の種類、量が多すぎるのだ。国によってそれなりの理由があるのだろうけれど。

ぼくはよく思うのだが、あさめしはそのホテルなり旅館なりが立地しているところで収穫している地元のごはん（もしくはパン）をふっくら焚き、あるいは焼いてほしい。その土地で作っていた「おらが味噌」でその季節の旬のいくつかを具にできたての味噌汁とかスープをだしてほしい。あとは漬物がある程度。そういうものだけでいい。

だいたい朝はそんなに空腹じゃない。昼までもつかどうか。用心のためにちょっと口にいれておくか、という程度でいいのだ。

だから日本のホテルの朝飯のあのブッフェスタイル、バイキングスタイルというのが賑《にぎ》やかすぎて困る。

古今東西、いろんな食べ物をどこかの港街の市場のように「どうだあ！」とばかり広げている。この「どうだあ」は二日酔いのオヤジにはなんの魅力もない。最初から「まいったあ」で、お茶だけ飲んで朝食会場を出てしまう。

オヤジ数人が集まっての朝食になると誰か飲み足りなかったのが「おーい、ビールとお銚子もってこい」ということになりたちまち夕べの続きの飲めや歌えやの宴会になって踊りだすのまで出てくる。

これ地方の温泉宿なんかではけっこうちょくちょく見るんですなあ。たのしそうだし、こういう展開が欧米のあさめしではあり得ないので、逆にそういうコトができる宿です、といって宣伝する作戦もありそうだ。

「終日宴会可能」

クロワッサンとカフェオレではできない技ではないですか。

でも西欧は思いがけないほどサケのマナーに厳格で、だいたい外で酒を飲むのにも年々気をつかうようになった。

そういうのはダメというマナーの国がけっこうあるのだ。ひところは何をしてもよかったアメリカなどは（州によってやや違うが）今は外でムキダシのビールを飲んでると罰金をとられるんだからただごとではない。

グズグズしているうちにぼくの夢はあっけなく潰《つい》えてしまう。

ぼくはハイネケンのよく冷えた小瓶を三本ほどカミブクロにいれ、それとは別に（冷えないように）小さなバッグにクロワッサンを二〜三個いれてどこか景色のいい日差しの中でのビールひるめし、というのを夢みていたのだ。

その点、日本や中国などはお花見みたいに弁当を広げておおぜいワシャクシャいいながら飲んで食い、残飯は広げたまま置いていってしまう、などということをほんの少しまえまでやっていた。いや、中国はまだやってるか。

クリームパンサスペンス

先日あるゲイジュツ家に「これうちの近所にできた話題のパン屋さんのものですから」と、画廊鑑賞のかえりがけにヒョコッと貰った紙袋。なんだかいい匂いがして大きさのわりにはけっこう重い。

タクシーの中で意地汚く「いったい何だろう?」とそっとフクロの中を覗《のぞ》いたらパンであった。どうもアンパンらしい。三個あって一番下にアンパンとはちがうパンが見える。

家に帰ったのが夕刻に近い遅い午後で、タクシーを降りるとどこかでカナカナが鳴いている。熱帯化していたバカ夏もそろそろおわりらしい。

「カナカナに　行く夏を知る　アンパンかな」

だめですな。アンパンは季語にならない。わがツマは留守らしく家には鍵がかかっていたが家の主要エリアにはゆるくクーラーがかかっている。風とおしのいい坂の上の家なので誰か家にいるときは窓をあけて空気をながし、全館空冷にしている事が多い。

部屋着に着替えてリビングの窓をあけた。今日はさして風が吹いていない。遠く東の空に入道雲になりきれなかったらしい「もわもわ」した雲がなんだかきまりわるそうに少しだけ残照を受け、これからワタシどうしたらいいんでしょう、などと言っている。もう少し輪郭のはっきりした雲ならばてっぺんのあたりのほわんと赤いのがワタアメと氷イチゴを足したようなかんじなのに、本人にはその意欲はないらしく、そのままわたあめ菓子が崩れるようにその日の役割を終えていきそうだ。

「恥ずかしと　紅ひきそめぬ　夏の雲」

意味わかりませんね。わたしは持ちかえってきたアンパンに刺激されたのか空腹であることに気がついた。

妻は買い物外出か。

キッチンのテーブルの上に先程もらった紙包みをおいて、ハタと考える。ゲージュツ家がわざわざ買っておいてくれたお土産がどうも気になる。

そっと取り出してみるとアンパンのわりには不当にズシリと重い。アンパンの常識を覆す重さだ。

アンのほかに一両小判なんかがはいっているのではないかと思わせる重さだ。

「ふふふふ　越後屋　おぬしも悪よのう」

ふと、そう思っただけで、まあわれながら作家とは思えない幼稚さである。目下心身ともに暇なんですわ。

時間的に仕事をする気にもならず、わたしの役目である屋上の植物の水やりにはまだ早い時間だ。思考と視線はまたアンパンに戻ってきてしまう。

わが人生でこんなにズシリと存在感に満ちて重いアンパンに出会ったのはそれがはじめてのことであった。未知との遭遇。

「ちょっとだけよ」

と、小さくいいながらアンパンの端っこのほうを指でつまんだ。感覚でわかったがこれはやはりただのアンパンではなくやっぱり越後屋がらみのアンパンにちがいない。

ついつい端っこのほうをけっこうちぎってしまった。ちぎりながらわかったのは、これは端っこのほうまでなにかたいへん存在感に満ちたアンパンらしい、ということであった。

それはちぎった端のほうまで餡《あん》がぎっしりつまっている、ということである。アンパンの隅々まで餡が行き届いている全身アンパンといっていいかもしれない。

感動しているあいだに気がつくとついついちぎった端のほうを全部食べてしまった。とてもおいしい。

「あんぱんだもの　まこと」

ついに「みつを」さんが出てきてしまった。

そうなるとがぜん気になるのがいちばん下にあるものだ。それはあきらかにアンパンとは別のものだった。慎重に取り出してみると野球のグローブをずっと小さくしたようなかたちで、これはいわゆるひとつのクリームパンだ！　ということがわかった。

おそるおそる手にしてみると予想したとおりこれもただのクリームパンではなくずしりと不当に重い越後屋系の小判パンだ。

たいへんだ。どうしたらいいのだ。

わたしはうろたえる。

これはグローブ化した全身のいたるところにクリームが充満している重さらしい。

四つある太い指先の先端までクリームが充満しているようでうっかり床に落としてしまったりしたら大変なことになる。という恐怖感に襲われた。

まさかクリームパンに精神的に脅迫されるなんて、わが人生でははじめてのことだ。

「どうしたらいいのだ」

一人ではこの重圧に耐えきれそうにない。

早くツマが帰ってきてくれないだろうか。

袋から取り出したクリームパンは袋の上にのせたままで、わたしはあまりの驚きでそこから二メートルぐらい遠ざかったままだ。

でも男として何時までもクリームパンに怯《おび》えているわけにはいかない。

これはけっして宇宙から来た謎の生物ではないのだ。謎の生物だったらもうとうにそのまま少しずつ動きだしている筈だ。

また窓の外でカナカナが鳴いている。

テーブルの上でじっとしているクリームパン。夏のおわりのシュールな静けさ。

重圧に耐えきれなくなってわたしはいきなりクリームパンに突撃し、その一番端の小指にあたるところに触れてみた。やはりさっき感じたように、そのあたりまでクリームが充満しているようだ。感触として、これはクリームパンではなくクリームパンの形に模したシュークリームなのではないか？

そう思うといくらか心の奥が落ちついてくるような気がした。しかしさっきのアンパンとちがってそのあたりをむしって食べてしまう勇気はわたしにはなかった。

カナカナが鳴いている。

カナカナだもの。

おいしい魚の見分けかた

「わしらは怪しい雑魚釣り隊」という親父三十人ほどの群団を作って毎月日本中の海べりをうろつきまわり、海の中ははしりまわり（スクリューでね）いろんな魚を釣りまくっているのをご存じないでしょうなあ。友人を中心にそのまた友人が集まっているので結束力は固く、よく飲みよく食う。その行状記は十五年ほど前から『週刊ポスト』に連載しており、単行本も七冊目に入った。

ぼくがその隊長をしているんだけど知らないでしょうなあ。

タイトルにあるように身長十センチぐらいの雑魚も五十匹も釣れば立派かどうかはわからないけれど、とりあえず浜辺の焚き火キャンプの鍋料理なんかのダシにはなる。雑魚にはキタマクラ（不吉な名称でしょう）とかクサフグ、ゴンズイ、オニカサゴなどの猛毒のあるのもいるから、三十人ほどいれば確率はロシアンルーレット並になるけれど、まあ救急車のお世話にならないように、料理番は一応注意しています。

十五年もやっていると海外まで遠征したりするので最近は銀色ピカピカの真アジ、ヒラメ、タチウオ、カツオ、タイ、カンパチ、ヒラマサ、シマアジ、高級魚のでっかいアラ、クエ、マグロなども釣ってしまうようになった。マグロなど八十キロもあるメバチマグロなんかも釣りあげちゃうんですよ奥さん！　でもあのコレ自慢するために書いているわけじゃないんです。

近頃は「魚屋さん」もすっかり減ってしまって、若い奥さんなんかは頭からシッポまでそのままついているいわゆるオカシラつきの魚を見ることが少なくなってるでしょう。イワシやアジなどの小型の魚ならともかくカツオだってあまり見なくなってしまった。オカシラ（尾頭）がついていると、コワイイ、キモチワルイイ、なんていう幼稚園級のママが増えているみたいで。マグロなどになると当然「作《さく》」でしか見なくなってしまった。なにしろアイツはでかいからね。以前、ポルトガルの海べりの露店酒場で名前はわからなかったけれどもの凄い七十センチぐらいの生きてる魚を美人女将が腰の鞘《さや》に入れていた弓形のナイフでパッパッパッパッパアと捌《さば》いているのを見て腰をぬかすほど惚れてしまった。一方的ですが。

マグロにもいろんな種類があります。本マグロとよくいわれるのは三百〜四百キロぐらいになる、津軽海峡の大間のマグロなんかが知られているけれど、インド洋はじめ世界中に親戚がいろいろいる。その名もミナミマグロなどは、モノによっては大間のやつより断然安くて断然旨かったりする。そうそう、デパートなどでマグロを買うとき店員がどのくらい知識があるか疑ってかかる必要があります。

あの大きな黒マグロのすべては大間近辺以外は冷凍ものです。とりたての生（刺し身）など死後硬直していて固くてとても歯がたちません。だからちゃんとしたところは瞬間冷凍するし、解凍していい頃合いに「作」にするからまあ間違いはないのですね。大きな魚ほど冷凍の長持ちがするから、安売り魚屋などでは売れ残りの解凍刺し身を出し売れ残ったらまた解凍、それでも売れなきゃまた冷凍などを繰りかえしてヨレヨレになったのが店先に出てくることがある。こういうマグロはぼくなどがみるとひと目でわかります。刺し身にすると間もなく体液とか血も滲みでてくるからすぐにわかるのです。これは絶対まずい。むしろ「新鮮でイキのいい本マグロなんて都会の店にはめったにない」と思ってください。

冷凍の本マグロ、ミナミマグロ、クロマグロなんていうのより日本の近海を季節とわず泳ぎ回っているメバチマグロやキハダマグロなど十キロ〜三十キロぐらいのマグロで冷凍してないのが一番うまいということを知っておいてください。これ大事な知識ですからね。千葉、茨城、神奈川沖なんかの表示がついてます。季節はずれの大間の冷凍本マグロなんかより断然安いですし圧倒的にうまいですよ。

真夏すぎてカツオの季節ですが、ぼくは大のカツオ好きですからよく釣りにいきます。シロウトでも五〜八キロのカツオをあげてますよ。カツオは家に持ちかえって自分で捌きます。イキのいいカツオはまず頭の後ろ側から出刃を入れて頭を落とします。新鮮なカツオは頭を落としたあと首まわりの皮をギュッと掴んで一気にズバッと引き下ろすと包丁などいっさい使わずスルスルスルと尻尾まで全部きれいにむけてしまうから気持ちがいいんだなあ。

新鮮なカツオは血あいをこまかく叩いて氷とタマネギをまぜて出刃の裏で丁寧にタタキ、それをシタジにして腹側の脂身のところをサっと流して食う。でもって冷たいビールをゴクリ。これがうまいんですよう。

まれにカツオ一本、なぜか不思議にどうしょうもなくまずくて食えないのがあります。漁師はこれをボキガツオといって全部捨ててしまいます。包丁を入れると本当に「ボキッ」と音がするから納得ですなあ。

でもこれは釣ったカツオをすぐに捌いて飯のおかずにする漁師しかわからない絶対不良品だから、デパ地下なんかにまるごと入ってくると捌いている店の人もとうていわからずそのまま売り場にだしてしまう。買ってしまう。つまりそれは海でカツオと対決した人以外わからない話なのです。

こういうヒトしれずの話を『暮しの手帖』なんかがテストしてくれるといいなと思っていた。あそこの編集長の沢田君は、雑魚釣り隊の初期の頃のメンバーだったんだけれど近々編集長をやめてしまうらしい。

最近、港の近くに「海の新鮮食堂」とか、それに類するいろんな、例えば本当かどうかわからない「漁業組合女将の店」「漁師妻の店」的な、いかにも「新鮮でおいしくて安くて」をうたった店が沢山できている。派手な「大漁旗」や「産地直送」などの旗文字に騙されてはいけません。メニューをよくみると関東の店で「北海道の鮭ルイベ定食」なんて出てる。「クエの新鮮その日刺し身」なんてありえない。あれの新鮮なのは肉が固くて誰もかみ切れない。三〜四日してやっとおいしくなるんですよ。

手ごわいロシアのごはん

まだロシアがソビエト連邦を構成していた頃、極寒の真冬に二カ月ほど、主にシベリアをうろついていたことがあった。

シベリアの中心都市はイルクーツクだが、ここはシベリアのパリともいわれていた。いいホテルがあってぼくはその一番高い（高さがね）屋根裏部屋にいた。一週間のネズミ滞在だ。

でも毎日その部屋から見る光景が素晴らしかった。町の樹林は枝葉がびっしり氷結していて真っ白に光っている。これは人生のうちでもなかなか見られる風景ではないんだろうか、と思ったので細い目をできるだけ大きくあけてしっかり見ていた。

外はマイナス四十度ぐらいだ。厚いコートを着た恋人たちが寄り添って歩いている。トナカイ三頭だての本物のトロイカがはしりすぎていく。そこからでは音は聞こえないが鈴の音をたからかにひびかせている筈だ。

そのように景色は申し分なかったけれど困るのはおなかがすいたときだ。ホテルには夜しかやらない豪華レストランしかない。ベリョウスカという売店があるがそこにはろくなものがない。おなじみのマトリョシカとかね。太ったコケシみたいなロシア人形の中に同じ人形がいっぱい入っていてどんどん小さくなっていくやつ。

その頃からぼくは旅先でその国の名物人形などいっさい買わなくなっていた。ああいうのは日本に持ちかえっても棚の上でホコリをかぶっていくだけだ。それになによりマトリョシカは煮ても焼いても食えない。こっちはおなかがすいているのだ。

もうその頃にはよくわかっていたが、街に出たとしても、簡単に軽いものを食べられる食堂はまったくないし、そもそもファストフードという概念が一切ないのだ。その点、アジアのゴチャゴチャした乱雑なところはいいですねえ。実に人間本位に街ができていて軽く食べるものに困らない。ノラ犬もこまらない。

ロシアの街でひるめしを食おうとすると、その面倒な手続きで倒れそうになる。空腹がさらに空腹になりやがて立腹する、というやつだ。

まず予約しなければならない。これの電話がなかなかつながらない。やっとつながってもカタコト語では用件が通じない。

奇跡的に空席がとれたとすると、今度は予約した時間に必ずその店に行っていないといけない。十分遅れたらキャンセルとみなされる。で、時間前にならぶと裏口みたいなごく普通の大きさのドアの前で行列だ。その行列がなかなか進まない。時間厳守もへったくれもない。はじめどうしてこんなにノロイのだろう、といぶかしんでいるとやがて自分の番になってわけがわかった。

お客はみんな分厚い防寒着をまとっている。そのオーバー、コート類を一時預けの担当者はたいていお婆さんが二〜三人なのだ。このお婆さんが亀のごとき動作で防寒着をあずかる。一人一人にいちいち伝票を書き、そのカーボンの写しを渡してくれる。

この「衣類あずかりの儀式」がだいたい三十分。

それからなんだかたいてい怒ったような顔をしたフロア係のお姉さんが席に案内してくれる。そのお姉さんによってメニューがテーブルに届くまでまあ十分。難しい手書き文字のメニューがなんとなく理解できるのは三人で入ったうちのただ一人。

なんだかいろいろ込み入った料理の名前をなんとか理解したつもりで注文する。

そこからは我々のテーブル担当のウェイトレスの役割になる。しかし、その係の人はなかなかやってこないのだ。いわゆる「共産主義国家」における、こういう食堂などのサービス業の根本的問題点を次にあからさまにしよう。

基本的に賃金はみな同じである。働いても働かなくても同じ。だったらできるだけ働きたくないということになるのだろう。我々のテーブルの担当者はなかなか我々のテーブルに接近してこない。

そこで我々はみんなで一斉に我々のテーブルからもっとも遠いところでこちらに背を向けている人を見つける。その人が我々の担当ウェイトレスなのである。そこで我々はみんなでその人を見つめ「こっちむけ」念波を発信する。しかし我々の念波の電力（あの念波というものは電気で作動しているのである。たぶん）が弱いのかなかなか係のウェイトレスはこっちを向く気配がない。

こうなったらその人のところまで呼びにいこうか、などという強硬突撃策を講じる者もいるが、じゃ誰がいくか、ということでこの案は挫折する。ウェイトレスはみんな「わたしはこの歳になるまで笑ったことはただの一度もありません！」というような怖い顔をしているのである。でも、そうやってずっとソッポを向いているわけにはいかない。そういうサボタージュを見張るもっと怖いフロア監督オババ。地上最強のオババの監視の目がこわい。

やがてしぶしぶ担当ウェイトレスが我らのテーブルにやってくる。ああよかった、と思うのはロシア初心者。苦労して何品か注文してウェイトレスは厨房方向に去るが、百パー

手ごわいロシアのごはん

セントの確率でまた戻ってくる。「注文したあれとこれとそれは品切れです」と言ってくるのだ。それならメニューに書くな、と言いたいのだが見栄なのかシステムができていないのか、この「ウェイトレス出戻りの儀」はどこでも体験した。それから注文したものが出てくるまで三十分から一時間はかかる。

こういう大きなレストランにはたいてい大ステージがあり、定期的に楽団演奏が始まる。はじめての頃は、ああやっと心やすらかにバラライカなどの音色で「赤いサラファン」などを聞けるのか、とホッとしているとそこで演奏されるのは右翼の街宣車もたじろぐ強烈大音量の「ロック」だった。これが演奏されるとロシア人のお客さんはうれしそうにダンスをはじめる。着膨れた黒熊おじさん白熊おばさんがあたりにホコリを盛大にふりまきながら踊りまくるのである。苦しみの時間をへて店をでるともう外は暗くなっている。夕飯の心配をしなければならない時間なのである。

輝け！　郡山の「のり弁当」

前にも書いたけど仕事が終わって駅弁とビールを買って列車を待っている時間は楽しいね。

やってきた列車の窓ぎわの席に座って、まわりに思いがけなく客が少なく、窓の外はそろそろ夕方の斜光なんていう具合になっていたりするともう最高ですね。

旅の多い人生だったから、これまでずいぶん各地のいろんな駅弁を食べてきた。

したがってそろそろこのへんでわが駅弁のベスト3をきめておかなければいけないだろう。なんだかもうこれで駅弁が食えなくなってしまうようないいかただけれど、まだ生きて動いているので新しい駅弁に出会うだろうから結論を出すのは少し早かったですかな。

でも一応このあたりでいったんお勘定をしめる、というふうに受け止めていただきたい。

今回とりあげるわが人生駅弁ベスト3のどれかが作られなくなってしまうこともあり得るからなあ。

ではとっといこう。

第一位は郡山の福豆屋《ふくまめや》さんの「のり弁」です。（正しくは「海苔《のり》のりべん」らしいですな）プラスチックではない薄い板で作られた弁当箱は四分の三ぐらいがごはん部門で、ここが主役です。なにしろ海苔弁だもんなあ。しかもその海苔が二段重ね。一番下には細く切りコンブを煮たやつ。凄いでしょう。むかしからぼくは母親から妻にいたるまで海苔弁を注文することがおおかった。

「海苔は三段重ね。屋上の海苔の上に薄焼きのタマゴヤキ全面展開。塩シャケうめぼし付き」。妻にはよくそう注文した。妻は三段重ねにするためにドカ弁タイプの弁当箱を買ってきた。箱が深くないと海苔の多層階構造はむずかしいらしい。そうだろうなあ。こっちは注文するだけだから海苔三階層、テラスつき、なんて勝手なことをいっていたけれど施工側は大変だったらしい。

そういう事情があるからごはん部分が浅い駅弁で海苔の二段重ねはそれだけで表彰ものです。

ごはんがおいしいのも立派なんですね。おかず部分にタマゴ焼きと薄いシャケ。それに小さな梅干し。

この正しい弁当のおかず三役はあくまでも控えめなのが立派です。値段は千円。癖になりそうだけれどわざわざ郡山に行ってそれを買って食いながら帰ってくるというわけにはいかないからなあ。

第二位は盛岡の「シャケはらこめし」

はらこ、とは「イクラ」のこと。シャケとイクラがごはんにパラパラまざっているこれも親子関係です。おかずというのはとくになく、このまぜごはんそのもので十分おいしいんですなあ。これ今から二十年ぐらいまえに全国駅弁コンテストでベスト1になったことがありました。この弁当の若干の弱みは、ビールの肴《さかな》にはちとなりにくいこと。ビールのみつつ、という作戦のときはほかにちいさなカワキモノのつまみを用意しましょう。

第三位は、ちと困るのですなあ。

前に書いたけどぼくは西日本にいくと弁当は「あなご」ときめている。「あなご弁当」ですね。

西日本のたいていの駅にこれが置いてあるけれど、作っている会社で少しずつツクリも味も違うのです。あるときびっくりするほどうまい「穴子弁当」に出会った。煮かたがいいのですなあ。軟らかくて甘すぎず、思わずびっくりした。

岡山だったか姫路だったか、まああのへんです。それから西日本に行くたびに穴子弁当を買うのだがいまだにあの思い出のあなご弁当にめぐりあえずにいる。あのときスグレモノの名称や戸籍などをメモしておけばよかったのだがそういうマメなことはできない人生なんですよ。

「ああ君の名は……」

後半は、まずい駅弁ワースト3を考えていたけれど、まずい駅弁はどこのどれ、と覚えていることはなく、食ってる途中で「ケッ」といってほうりなげてしまうから覚えていない。

全般的にうまくないのは幕の内系で、それもやたら派手派手しく大きな箱にこれでもかこれでもかといろんなのを並べてるのは要注意です。ぼくが認識しているのは新大阪駅の幕の内弁当。電車の中で開けられないくらいでかい箱にいろんな食い物が並んでいるやつで、駅弁の限界をこえている。花見弁当なんかだったらひきあうでしょうかね。でもそうなると平均的な花見弁当より貧弱になるからこういうのは始末に困る、というわけです。

むかし何かの化学反応を利用して弁当をあたためるのがあった。いまでもあるのかな。あるとき新幹線で、ぼくのまわりに十人ぐらいのグループが乗ってきた。高齢な人ばかりで添乗員がついていましたな。

その人がみんなに弁当を配って、食べ方を説明していた。質問がけっこうあった。はて弁当ぐらいで何を複雑なことを、といぶかしく思いそのほうを見ると、その化学加熱方式の弁当なのだった。

スキヤキ弁当だったかなあ。

弁当の下のほうにあるヒモを引っ張るとコンロに火がついたようにみんなの弁当が煮えてくる。

「わっ湯気が出てきよる」

などとじいちゃんばあちゃんが喜んでいる。そういえば「火傷しないように」と添乗員がいっていたっけ。

やがてあっちこっちの弁当が煮えてきてぼくはスキヤキ屋の真ん中に座っているような気分になってきた。

あれは食い終わったあとのゴミがたいへんだったでしょうなあ。ああいうのが流行《はや》るとタコヤキ弁当とかシャブシャブ弁当なんてのが出てきて車内は大変なことになる。

そういえば「カレーライス弁当」というのにまだお目にかかっていない。

小学生の頃、ときどき持たされた。前の日の夕食がカレーだと余ったのを翌日の弁当のおかずにされる。タッパなどない時代だったから包んである新聞紙にカレーが漏れ出てきてなんだかあられもない状態になっていましたなあ。

デカテントの贅沢な夜

よく釣りにいきます。季節によっていろんな魚を狙うけれど、五、六人の仲間とテント泊が多い。真冬でもこちら側の都合が合えば出かけていく。先方（お魚さん）側の都合はあまり気にしない。連絡方法がわからないからだ。いけば二〜三泊。冬場は焚き火がないと辛いので工夫が必要になる。

我々はとびきり大きなテントを自分らで作ることにしている。いまアウトドアショップなどにいくとカラフルでかっこいいテントをいろいろ売っている。でもみんな高い。五〜六人が泊まれるファミリー用などというのは外国製品で二十万円ぐらいするのもある。

でもあれに騙されないほうがいいですよ。外国人のキャンプは最低でも一週間ぐらい滞在しているから頑丈に組み立てるようになっていてその組み立てはなかなか難しい。組み立て説明書も日本語じゃないからわかりにくい。そういうのを買わされたファミリーは必死になって取り組んでいるが、やがていき詰まる。

子供は飽きてそこらで遊びだすけれど、テント制作中の夫婦は次第に焦ってくる。やがてどちらともなくささいなことで喧嘩になる。楽しいはずのキャンプはお腹をすかせた子供の泣き声と夫婦の怒号のやりとりでとんでもない事態になっていく。どうにか完成しても計画していたバーベキューまでもう時間がない。なんとか湯だけわかしてカップ麺の夕食だ。で、テントは翌日解体だからせわしない。こういう悲劇を避けるためには自分たちで一夜の雨風をしのげる自作テントがいいんですよ。安いし早いし。

どんなふうにするか、というとそのキャンプ地に竹藪があったら近くの人に聞いて持ち主をさがす。

枯れて倒れそうないらない竹はないですか、と聞くのだ。持ち主は枯れて倒れている竹に困っているからふたつ返事で「ああ好きなように持ってって下さい」とたいてい言う。

そういう竹林が見あたらない土地ではホームセンターのようなところにいって園芸用に使うプラスチックの細い棒（三メートルぐらい）がある。一本二百円程度。それを二十本ぐらい買って、キャンプ地についたら三メートルのそれを二本ほど粘着テープでつないでいくと六メートルぐらいのよくしなる棒がいっぱいできる。これらを放射状にならべて真ん中を紐で結び、全体をもちあげると大きな鳥籠のようなものができる。その上にブルーシートをかぶせると、東京ドームのタマゴみたいなのができます。焚き火の排煙用に天井には直径一メートルぐらいの穴をあけておく、その真下の地面に穴を掘り、そこで焚き火をする。焚き火穴の真上に三本の棒杭を立て、てっぺんを結んで真ん中にロープをたらし、その下に鍋を結ぶ。むかしのイロリなんかの様相になりますね。その屋内（といえるかどうか）の焚き火のまわりが我々の居場所であり寝場所だ。この家、総工費五千円ぐらいで作れます。しかも分解すれば何度でも使えます。

翌日から我々は漁業に出る。海岸で竿を出す組と貸し船で沖に出る組にわかれます。船釣りには釣り名人がいるのでけっこう驚くべき漁獲をあげてくる。

釣ってきたばかりのそれを海岸で下処理をして〝焚き火テント〟のなかで調理する。みんなクルマで来ているので真水だけはポリタンクにいっぱい持って来ているからその場でさばくのも問題はない。どういうものをさばいているかということを次に書いていこう。

このページは「おなかがすいたハラペコだ」だったものなあ。

海岸べりでは雑魚が釣れる。よく毒のある雑魚がいるからそのみきわめが大事。毒をモノともしない凶悪毒胃液を出せる人は別です。この雑魚からはダシがとれる。野菜など入れて夕食のときに重宝。沢山作っておいて夜中にうどんなど入れて夜食にするとなごやかですよ。

船で沖に出た漁業班は何を釣ってくるかわからないが、アジやカツオやサバなどの青魚はわりあい簡単に釣ってくる。浜辺で解体し、アラを出して下処理をすればあとはなにをしてもいい。まえに書いたかもしれないがカツオなどは新鮮なやつは頭を落とし、首から下の皮を手で掴んで一気に引き下ろすと簡単に上から下まできれいにむけてしまう。あとは刺し身にしたり少し外側を焼いてトウガラシ系のシタジに漬けたりして好きなように食う。まず最初の酒の肴《さかな》としてこれたまりませんよ。

小アジは三枚にオロシてあとはこれも刺し身なり焼くなり煮るなり自由です。

ときおりウマヅラハギが釣れます。これはカワハギの仲間だけれど顔がたしかにウマヅラで、釣り界では外道（まあアウトロー）とされているけれど、ぼくはカワハギよりこっちのほうが好きです。刺し身はできるだけ薄切りにするとフグに似た味で、関西の安いフグ刺しにはこのウマヅラが使われているとよく聞きます。ウマヅラの凄いのはキモが大きいことで、味はカワハギと変わらない。シタジにこのキモを溶いて刺し身を食うと絶品で、どうしてこれが外道なんだろうか、と不思議に思うくらいです。

昨年、能登半島でキャンプしたときは高級魚のクエが釣れました。八十センチぐらいある大きなやつで、ずしりと重い。市場などにもあまり出てこない貴重な獲物です。さっそくその日の夜に刺し身にしました。厚み三センチぐらいのほとんどステーキのような刺し身の丸かじり状態でしたが、こういう魚はあまり新鮮なのは肉が固くて簡単にはかみ切れないということをつくづく知りました。死後硬直がすごいのです。食い頃は死後三日ぐらいしてから。かみ切れないのはもったいないから照り焼きにして食ったけれどアブラがすごくてそれも手ごわい奴なのでした。

イカもよく釣ります。ヤリイカ、スルメイカ、ムギイカ（スルメイカの子供）、ケンサキイカ。変わったところで十センチぐらいのホタルイカなど。ホタルイカは富山の海で満月のときに沢山浮遊してくるのでそれを網ですくいます。ホタルイカの混ぜごはん。カレーの具などにいいですね。

港の女と寿司屋の親父は無口がいい

肴《さかな》はあぶったイカでいい。女は無口のほうがいい。と言われているけれど、寿司屋の親父も無口のほうがいいですね。

このあいだ神楽坂のいかにも旨そうな寿司屋に入ったのです。カウンターがぐるりと取り囲み、そのつけ台の真ん中に店主とその見習い助手のようなのがひとり。お酒とかお手拭きなどを持ってくる年配のお姐さんがひとり。シンプルで清潔。三人で乾杯し、これからおきるだろう「よろこびの宴」に期待をはずませ、ぐいと辛口の冷酒を飲む。

我々がなんとなく今年の仕事の話などしているあいだにそれぞれの前に細長い皿がだされ、そこに季節のうまいもんがきわめて少量ずつ上品に三品のっている。冷酒の肴にちょうどいい。

それをつまんでいると、とつぜん店主がその小さな三品の説明をはじめた。説明っていったってひとつ直径一センチぐらいのもので、なんだかわからないけれどおれたちはひとくちで食ってしまった。たしかになかなかおいしかった。

親父がいきなりでっかい声でその三品の説明をはじめたのだが我々は三人とももう食べちゃったんだけど。親父の声はがらがらで部屋のスケールのわりにはとにかく下品にでっかい。

その説明に、ようやく回転しはじめたおれたちの話の腰は完全に折られてしまった。ときどきいるんだ、こういう本末転倒してるのが。

それから握りを頼んだが、そのひとつひとつにまた詳しい説明がはいる。相変わらずでっかい声だ。親父の口の下で握っている寿司にまんべんなく親父のツバキがとんでいるのがわかる。親父の唾《つば》まみれ寿司。ちょうど新型コロナウイルスの唾による飛沫感染が叫ばれている頃でしたなあ。

まもなく別の新しい客三人組がやってきた。親父はその客の前でもさっきとまったく同じ蘊蓄《うんちく》をタレていましたなあ。バッチイのあっちいけえ。

そのときわかったのは、その寿司屋ではいやがうえでも親父のワンマンショウに晒《さら》される、ということだった。おかげでその日はひさびさに会った我々の話は殆《ほとん》どできず、店主から春先の海とそこに棲んでいる寿司ダネになる魚の講義をたっぷり聞かされ、春の寿司にはだいぶ詳しくなりましたよ。

話かわりますがぼくは「いなり寿司」も好きなんだけれどあまり一般的な寿司屋ではいなり寿司はおいていませんね。

いなり寿司専門で、客を前に好みのいなり寿司を作ってくれるところが一軒ぐらいないだろうか。

たぶん「いなり寿司専門」の店の親父はあまりいろんなコトは言わないでしょうなあ。

「いなりはね、前の晩にアブラアゲを煮込んでおくんですよ。弱火でね。シタジにかつおぶしと少々の梅干しのツブシをしこんでおきます。梅干しのツブシっていったってあなたがたはしらんでしょう。関東はそれを使う。梅干しのタネをげんのう（かなづちのようなもの）で丁寧にこまかく叩いておくんです。関西のいなりはこれはやりません。そのかわりシャリに胡麻をタタキオリというのでつぶしたものをまぜて炊く。和歌山のほうにいくとフクロとシャリのあいだにハジカミを削ったのを仕込んでいたりしますなあ」

いなり寿司屋の親父もこんなふうによく喋ったりして。

でもいろいろ知らないこと教えてくれるので寿司屋の自慢話よりはいいのですよ——と言ったって、このいなり寿司屋の親父の話はぜんぶぼくの作り話ですからね。関西のいなり寿司で使うタタキオリなんてぼくが瞬間的に思いついたものなのでどんな形態をしているのか書いているぼくもわかりません。そんなわけですからこのいなり関係の話、百パーセント信用してはいけません。

だいたいいいなり寿司屋があって、そのつけ台の前に座って「じゃあ次は芥子《からし》のまぶしめしを袋にいれて干瓢《かんぴょう》とじにしてもらおうか」なんて頼むのは粋じゃないですからねえ。

カウンターで一番安心するのはやっぱりラーメン屋でしょうなあ。ラーメン屋はけっこう忙しいからカウンターをはさんで対面式になっていてもあまり客と話なんかしません。客のほうもそうやってほうっておいてくれて勝手に食わせてくれてたほうが気がやすまります。

もしおしゃべりなラーメン屋がいて、客が食うのをカウンターのむこうで頬ヅエついてじーっと見ていて「ふーん。お客さんはいきなり麺を箸でするする食う、というやりかたなんですかあ。珍しいですね。いちばん多いのはレンゲでまずスープのんで、それから全体をひとわたり見渡して麺に進んでいく、という順番ですけどねえ。お客さんどこの生まれなんですか。コオリヤマですか。寒そうですすねえ」なんてことをずっと言っていたらどうですか。

　カウンターを真ん中にしていろいろやりとりする話を書いていて思いだしたのが東北の「わんこそば」だ。あれは非常に小さな椀にはいった蕎麦をお店のお姐さんが「ハイサ」「ホイサ」などと言いながらどんどん食わせてその数を競う、というせわしないやつで、けっしてうまくはありません。いかに早くいっぱい食わせるか少量の蕎麦が入っている椀を殆ど脅迫するように食わせていくやつで、噛みしめて味わうなんて次元を超えている。

　あるとき盛岡のそういう店で「一人ワンコ」の現場を見たことがある。いかにも気の弱そうなセーネンが一人、ちゃぶ台のそばにかしこまっていて、たすきがけしたお姐さんの「ハイサ」「ホイサ」攻撃にあっていた。カウンターをあいだにしているわけではないが、あれほど強者と弱者の立場が明確になっているSM的な「タタカイの食い物」はいままで見たことがなかった。

だっからよおーの宴

宮古島で年に一回、日頃の酒飲み仲間との合宿生活をするようになった。大量の酒を飲むのと釣りの趣味が合体しているバカモノ集団十八人ほどの、年齢、職業、好みが違う男たちは毎年その合宿を楽しみにしている。

島の古民家をまるまる一軒借りての生活なので釣りが最大の趣味の連中は一日早くやってきて、船を借りて沖に出ている。

沖縄の島といったら泡盛だあ、と叫んでいる数人は到着すると東京とはまるで違う強烈太陽に圧倒された。庭の木陰に椅子を持っていってまずは乾杯。強い酒が素早くキリキリ全身に酔いを伝達していく。民宿の少し先に海岸が広がっているので吹き抜けていく潮風がここちいいのなんの。

昼酒はキキメが早い。時間はまだ午後三時だ。昼飯を食っていなかったので当然「腹へったあ」と騒ぎだす男がいる。まかないはついていないので全て自炊だが我々の仲間には料理するのが大好き、という便利な男が二人いる。とりあえずの軽食のために空港からそこにくるあいだにスーパーに寄って、我々でもすぐ作れるものを買ってきていた。泡盛の肴《さかな》のために簡単にできるポークタマゴ。その名のとおり大きな焼きソーセージを大きなタマゴヤキで挟んだ具だけのサンドイッチという簡単な構造だからすぐに「あいよ」といってどさっと出てきた。

続いて三枚肉。脂をトバした味つけ肉とでもいおうか。泡盛によくあいます。

続いて「宮古すば」が出てきた。

沖縄本島では「沖縄すば」。

一見するとうどんなのだがそれよりもやや細く、うどんではなくそばでもない。まさしく「すば」としかいいようのないもので、南の島々をいくとどこでも出てくる。

那覇などには商店街の路地の奥なんかで「おばあ」がこれを作っている間口一間ぐらいの店にかならずぶつかる。三～四脚出ている丸椅子に座っているとすぐに出てくる。たいていどんぶりを持つおばあの指が何本かドンブリの汁の中に入っている。

「おばあ、指が入っているよ」。笑いながらいうと「大丈夫慣れてるから熱くないさあ」という返事がかえってくる。なにごともそこそこでいいかげんなのが沖縄の魅力のひとつだ。

前に書いたかもしれないけれどぼくはこれが大好きなので確認のためにまたもや書いてしまう。

沖縄にはスーパー万能言葉がいくつかあってマスターしておくとたいへん便利だ。

基本は「だっからよう」だ。独特のイントネーションがあって耳にここちいい。

どんな会話でも使える。

「暑いねえ」

「だっからよお」

肯定でも否定でもない。理屈っぽい人がいて「今朝はまあまあでしたがこれで夕方になると涼しくなるんでしょうねえ」

なんていうややこしい人は沖縄に行かないほうがいい。

A「遅刻だぞ。二日酔いか」

B「だっからよお」

なんて受け答えはじつにスムーズで美しいではないか。

A「昨日も遅刻だね。なんでなの？」

B「なんでかねえ」

これもいたずらに尾をひかない簡潔法だ。

夫婦間でも便利である。

A「あんた今日、わたしの知らない女の人と歩いていたね。浮気してんでしょ」

B「だっからよお」

A「なんで浮気ばっかりすんのよ」

B「なんでかねえ」

A「あらためないと離婚だよ」

B「こわいさあ」

深刻な話題でもあまりとことん突き詰めないのが沖縄基本会話なのである。

便利言葉の傍系にこういうのもある。

A「あんた浮気してるね」

B「そうともいう」

ぐだぐだ言い訳しないでたくみにヨソに責任転嫁してしまうところがいいのですなあ。

そんなことを喋ってさらにホロホロ酔っていくと早朝から釣り船に乗って沖に行っていた釣り部隊が大きなクーラーボックスを重そうにして帰ってきた。中には氷漬けされた六十〜百センチはある大きな魚が入っていた。

カンパチ　一メートル、約八キロを五匹

アオチビキ　六キロ
イソマグロ　六キロ
このほか島の魚であるシロダイ、ヒメダイ、タマン、ムロアジ、カツオ、小さなサメ。大型クーラーボックスふたつにぎっしりだから魚屋をやれるくらいだ。

厨房に持っていってすぐに捌《さば》く。仲間には釣りよりもこの魚の捌きが好きなのもいて、さっさと解体、大小のサクにして刺し身に切っていく。

それらは外まで持っていくと暑さにやられるので大食堂に並べられる。いやはや刺し身だけで五十人前ぐらいある。でもまだ解体していないのがたくさんあるのだ。

島ラッキョウ、ゆしどうふ、アグー豚を葉っぱにくるんで食うやつ。

刺し身は醤油にコーレーグース―（南島の小さなトウガラシを泡盛に漬けたやつ。ものの凄く辛いがうまい）をまぜたやつで食うともうたまりません。

まだ小さなサメ肉をさっと醤油煮にしたやつが前菜にうまいこと。

魚によっては新鮮すぎてまだ肉が硬いのもあるけれど「だっからよう」と言いながらゴジラの歯となってがしがし食っていく。

島魚の刺し身がうまくおなじみのマグロやアジの刺し身のカゲが薄い。

初日の宴で残った刺し身はでっかいボウルにいれて重さ五キロぐらいの「ヅケ」にして

翌朝のおかずになる。白飯にヅケがしみじみうまいんですよお。

「これうまいさあ」

「なんでかねえ」

「だっからよお」

新ジャガの味噌汁

テレビをつけたり新聞を開いたりすると新型コロナウイルスの話ばかりで嫌になる。

そこで寝るときはそんなものが世の中になかった時代の広沢虎造の浪曲を聞いていることにしたのでこの頃ぼくの頭のなかはすっかり清水次郎長の「旅ゆけばあぁぁぁぁぁ駿河の道に茶のかおりいいいいいいい」になってしまった。浪曲なんて聞いたことない、という読者が多いでしょうが、ぼくは子供の頃に叔父さんがよく浪曲のレコードを聞いていたのでけっこう知っている。

そうして自分がいまその叔父さんぐらいの歳になるにつれてコロナのいない東海道や駿河の国が懐かしく、急いでその時代に行きたくなって、こないだCDの十二枚セットを買ってきて毎晩聞いているというわけなんでござんすよ。

そんな折りに同居人（ツマもしくはテキともいう）が旅に出てしまった。次郎長時代でいえば長いワラジをはいたんですな。

あのいまわしい東日本大震災の直後から彼女は原発事故によって故郷を追われた人々をずっと追って、今日までの心の思いをじっくり聞いて『聞き書き　南相馬』（新日本出版社、二〇二〇年三月刊）という本を書いているんですなあ。で、もってその取材旅に行ってしまったんでござんすよ。

旅に出ていった同居人がどこで都鳥《みやこどり》一家の待ち伏せにあうかわからないし（意味わからないでしょうが次郎長の敵ですね）さっきはニューヨークのまっただなかで弁護士稼業をしているうちの娘から電話があって、ニューヨークは徹底的な外出禁止令が出ている、という話でございました。でも法廷は休まないからいつアル・カポネ一味と遭遇するかわからない、という心配もあるんですなあ。

そこで味噌汁を作ることにした。どうしてそこでいきなり味噌汁が登場するかまたしてもわからないでしょうがまあそういうもんなんだな、と思って軽く聞き流していただきたい。

味噌汁を作るにはダシというものをまずつくらなければならない。煮干しダシにするか、かつを節ダシにするかぐらいは知っているんですが、今は小さなダシの袋というのがあってそれを使えばいいらしい。

台所近くの棚や引き出しをあさっていたら非常用らしいそういうものを発見したんです

よ。文久二年夏の頃にはそういう便利なものはなかったんでしょうね。

味噌汁の具は長ネギがいいかタマネギにするか。これらだと適当に切って煮ればいいんだから話が早い。

しかしわっし（わたしのことね）は渡世の義理もあってジャガイモ、じゃなかった馬鈴薯をつかってみることにした。いまは新ジャガ、じゃなかった旬の馬鈴薯がウイルスにまじってあちこちとびまわっていますな。あっ、いけねえ。ウイルスのことを忘れるために味噌汁づくりを思いたった、というのにこれじゃあ義理がたたねえ。

テキの裏をかいて里芋というのも考えたがそれがどこにあるのか野菜入れのなかに見あたらねえんでございますよ。

それによく考えたら今朝はせっかく見つけた馬鈴薯でいくのが筋というものでござんしょう。（いいから早くつくれ！）と清水一家が怒っております。

ジャガイモはまず皮をむかなければならない。やっぱり皮むきの必要ない長ネギにしておいたほうがよかったかな。とやや迷う。（いいから早くつくらねーか！）とついに虎造親分に怒られてしまった。

新ジャガは小ぶりなので洗うのは簡単だけれど包丁で皮をむくときはつるつるしてけっこうむずかしい。

そのとき「まてよ!」という思考が頭の隅を走った。新ジャガはよく洗えば皮をむかなくてもよかったのではなかったかな!

ここでわっしは手をとめたあ。

などといきなり唸《うな》るとたちまち三味線がツツーン。同時に「アッ、イッヤァー。アッ、イッヒャー」などといったカン高い合の手が入る。虎造師匠の渋い語りと、この三味線を弾く女性曲師のカン高い合の手、掛け声がいいんですなあ。

「アッ、ウーヒャーッ。アッ、イッヤアー。アーレーそんなとこ。アッイッヤーン。アッレーいけません!」

なんてことは言わない。それでは急にイケナイ殿さまが出てきてしまうではないか。いま問題なのは新ジャガなのだ。

一瞬の戸惑いはあったが、もうここまできてしまっていては皮をむいていくしかない。これもあれも渡世の義理だ。

小さく切った新ジャガはみんなつやつや光っている。うっかりすると滑ってまな板からおちてしまいそうだ。そうはさせじと逃げる新ジャガの帯をつかんでひき戻す。あれえ!と叫べばまたイケナイ殿様が出てきちゃうのだ。でも新ジャガの帯ってどこにあるんだ。殿様を払いのけてそれらをそっくり煮立ってきたダシ汁の中にいれる。あとは蓋をしてジャガイモの煮えるのをまつばかりだ。

慣れない者にとってはこのあとの時間が不安なのですなあ。どのくらい煮ればいいのか。まあ常識的に考えてジャガイモがやわらかくなったらそのあたりで火を弱めればいいはずだ。次はいよいよ味噌をいれるんですよね。緊張の一瞬です。

「アッ、イッヤア」

三味線のお姉さんは出てこなくていいです。ここが味噌汁道のいちばん難しいところですな。「奥の方さま」が分厚い裾をひきずりながら出てきて「皆の者。味噌を沢山いれすぎてはなりませぬ。マルコメミソなどではいけませんよ。味噌は清水港の手前味噌です」などとするどく叱責いたします。かといって少量の味噌だと味噌汁にはなりませぬ。

ジャガイモの味噌汁はなんども煮かえして、ジャガイモのカドカドがとけて汁にまじり、全体がいくらか濁ってきたぐらいのあんばいが好きなんですなあ。最後はごはんにかけてかきまわして食うのも好きなんでござんすよ。

あっ、しまった。ごはん炊くの忘れてた。

NEW YORK
おとーさーん
STAY HOME

うどんづくり大作戦

コロナ禍《か》でずっと家のなかだ。こういうとき三流モノカキは家に籠《こ》もってしけた文章を書いていればまあ基本的に普段の日々とかわりないことになる。

近くに息子ファミリーの家があり、三匹の孫たちがそこでオンライン授業とやらを受けているが終わるとやっぱり退屈している。運動不足がじわじわと響いているのだ。そこで近くにある我がジジ、ババの家に遊びにやってくる。おまつりがいきなりなだれ込んできたような騒がしさだ。ジジババ二人で棲息しているには少々広い家なのでやつらはここを遊び場にきめたようだ。

あばれついでにお昼や夕ごはんを食べていくから妻が一計を案じ、全員参加型のごはんづくりをはじめた。

うどんづくり

これは正式に小麦粉からつくる。最初は強力粉をつかった。ぼくは原稿仕事をしながらときどきチラチラ見たり聞いたりしていたので正式な製作順かどうかあいまいだが、妻はむかし保育園の保母さんをやっていたので子あしらいがうまく、まず「うどん体操」というのからはじめていた。むかしお遍路さんをやっていたときに習ってきたのよ、なんて言っている。たぶん適当なんだろうけれど「うどんに対して失礼のないように力をこめてやろうね」なんて力強く言っている。それをまるごと信じて「のびるのびる運動」なんていうのを三人で嬉しそうにやっているのを見ていると彼らの将来がやや心配になる。

子供らは高校二年（男）中学二年（女）小学六年（男）と体格がみごとに「大、中、小」となっていて「三びきのやぎのがらがらどん」みたいで面白い。五百グラムをまずうまく水に溶くところからはじめていた。みんなの声だけ聞いていたのだがきちんと全体に水を行き渡らせないとダメだからそのあんばいが難しそうだった。ボウルの中でうどん粉をかためていく。両手でやるのだが力がいるようで、やがて全体を厚いビニール袋にいれてみんなで交代でその上に乗って足踏みだ。

あらかたうどん粉のかたまりの上に乗って足踏みしていったのだが、ひととおり済むと「うどん粉がコーフンしているから三十分ぐらい寝かせるのよ」なんて言っていた。三匹は信じている。

そういえばむかし四国の高松にうどんの取材に行ったとき市内の宿を朝五時ごろタクシーで出たのを思いだした。本当にうまいうどんを食べるには工場に行って出来立てのを食べるのだ、と教えてもらったからだ。工場にはもうクルマが三十台ぐらいきていて、みんなできたてを待っていた。工場の奥で従業員が三〜四人、頭の上の横柱につかまって足踏みしていた。そうしてできたてのを切ったやつを茹でてもらいぼくは「かまたまやま」で食べた。旨くて泣けた。かま茹でしたばかりのうどんに生タマゴとヤマイモすりおろしをかけてかきまわして少々の醤油味だ。

その日もそれを期待していたが、麺棒で延ばすのにえらく力と時間がかかり、それを包丁で切るのもなかなか思うようにならないようでどでんと太いのが勢ぞろい。金太郎飴を連想した。とても「かまたまやま」などできず太いのは直径一センチぐらいあった。二十センチ食べるのに一騒動。「強力粉でやったのが失敗だった」と、うどん格闘隊は反省していたがけっこうみんな団結してタタカイ、たのしそうだった。

それから三日後に懲りない妻というか不屈の妻は「薄力粉」を買ってきて、また三匹のコブタちゃんたちと再挑戦していた。今度は前回の失敗をすべてクリアしてリズムよく、薄くネバリ強く腰のある「地」にしたて、包丁で極力細く切っていったので堂々たる「うどん」になった。「かまたまやま」もできるし、一回の失敗でここまで成長できたのはあっぱれ！　などとぼくが言うと、中二の孫娘が「じいじいは何もやらないくせに」と怒っていたが、顔つきは嬉しそうだった。

やきそば

このうどんづくりを聞いた三匹の孫の父親（わが息子）がぼくの家の屋上でヤキソバパーティをやろう、と言いだした。我が家はビルになっていてネズミの額ほどの屋上があり、半分ほどは季節になるとススキなどの雑草がはえ、半分ほどは洗濯物干し場だ。そこを使わせてくれというわけである。焼きそばを作るのにちょうどいい鉄板コンロその他を持ってきた。彼らがよくやっているバーベキューの道具がそのまま使える。

太陽の下で半日過ごすのもなかなかいいからまかせておいたらお祭り屋台のような焼きそばがジュージューいいはじめた。野外だから安全だ。このヤキソバがなかなか旨くて感心した。坂の途中に作った家なので屋上から東京の西がなだらかに見える。カンビールがうまくてやきそばがすすむ。あまり沢山の肉をいれないのもよかったようだった。

やきうどん

文字どおりこれに味をしめて翌週の日曜日は焼きうどんになった。バーベキューなんかをやるとついつい食べすぎてしまい昼食と夕食の区別がつかなくなってしまうから、このシンプルなアツアツのうどんだけ、というのはなかなかよかった。

シューマイ

妻が次にたてた作戦はシューマイづくりだった。

このときもぼくは見るだけで何もやらなかったが、あれは案外簡単に包めるものなのですねえ。挽き肉になにかの味をつけているようで、それをシューマイのカワに包む。いままでシューマイの構造をあまり詳しく観察してこなかったので、子供らと作るなんてとんでもなくたいへんなんではないか、と勝手に想像していたけれど考えてみたらネジもバネも必要ないのだ。小学六年の男の子製作の最初の数個の大きさが大小いろいろだったけれど、それも蒸してみれば自分の製作したものということがよくわかり、かえって楽しそうだった。

うまかったもんベスト10プラス2

気がつけば今回が連載百回目なんですなあ。あまり料理のことも知らず、そんなにいろんなものを食べているわけでもないのによくまあ図々しく続けてきたものです。

百回記念になにか気のきいた話を書ければいいんだけれどあまり思い浮かばないんですねえ。

で、ありふれているけれど、これまでわが人生で忘れえぬおいしかったものベスト10なんていうのをこのへんでならべてみっか、と思ったわけです。(結果的にベスト12になったけど)

もうこの歳になると生涯のうちになんとかして食べたいものだ、なんていうのはまるでなく、その結果おいしいものを書くと当然ながらみんな過去のものになる。

とくに少年から青年にかけての伸びざかり、食いざかりの頃のものが忘れえぬ〝人生の味〟ということになるようです。どれも印象が強烈だから、前にこのページに書いたものも出てきそうですが、何を書いたかすっかり忘れているのでそのへんどうか老いたノラ犬だと思ってお許しを。

はじめて自分で買ったのはおまつりの屋台で、小遣いは十円だった。それを握りしめて屋台の並んでいるところをゲタをカラコロさせて突進したのがヤキソバの屋台だった。経木《きょうぎ》（木を削って作ったお皿がわりのもの）に乗せられたヤキソバは五円だった。たちまち食ってしまう。もういっぱい口から手がでるくらい買いたかったけれど買ったらもう一銭もない。

そのとき思ったのは、やがて大人になって自分でお金を稼げるようになったらこのヤキソバをドーンといっぺんに三百個は食うんだ。少年シーナマコトは月の夜空をみあげてそう心に誓ったんですねえ。

現在ならそれはかなうけれど、頑張って食ってもこの歳では五つぶんぐらいしか食べられないだろう。人生は非情で、少年の大志はモロいのだ。

第二位は深川のおばさんの家で出前でとってもらったカツドン。母の妹でチャキチャキの江戸っ子おばさんだった。「はあ、さいですか」というのが口ぐせだった。「さようですか」の江戸弁だったのだろう。出前のカツドンのドンブリには蓋がついていた。ぼくの住んでいる町の店にもカツドンはあったが蓋なしだ。江戸のカツドンは肉が厚く、コロモも厚く、小学生ではどうしても全部食いきれなかったのも悔しいが魅力的な思い出だった。

第三位はいろいろ迷うが、タクラマカン砂漠の楼蘭《ろうらん》探検隊で中途にたどりついたオアシスの米蘭《ミーラン》で食ったポプラの木陰の羊汁だろう。砂漠の探検隊のめしはいつもジャキジャキの砂まじりで、内側の錆《さび》がまじっているような缶詰のザーサイに似たやつで実にまずかった。そういうものの対比が激しかった。羊汁はジャキジャキしてないのでスープの底まで飲み干し、涙がでました。

ああ、まだ三位までしか書いていないのにもう半分スペースをつかってしまった。

ぶっ飛ばしてのこりをいきます。

オーストラリアの砂漠探検隊で一カ月ハエだらけアリだらけの食い物で暮らし、到達点で食ったミートパイは十本ぐらい食いたかった。

サラリーマンの頃、ぼくは銀座八丁目にある小さな編集会社のサラリーマンだった。残業すると出前を食べてよかった。十時までやっている裏銀座のイタリアンレストラン「ネスパ」のエビフライライス。エビは二本ついていた。このときタルタルソースというものを初めて知った。

南米パタゴニアでやっかいになっていた牧場での羊の丸焼き。アサードという。グリル状にするのではなく毛を全部刈り、ワタをとってでっかい十字に結んだ鉄の棒でヒラキにし、牧場で二時間かけて裏表じっくり焼く。表側のアチアチのキツネ色に焦げた皮とその内側の脂肪とその内側の肉を三味一体にナイフでこじりとってアヒ（香辛料）をかけて食う。肉料理ではこれが我が人生ダントツ一番。

さあ急いでいかないと。その次は四国高松の丸亀の製麺工場に早朝いってその朝練って叩いてふんづけて作ったさぬきうどんの釜上げ。茹であがったばかりのものに生タマゴを割り入れ、ヤマイモの擦りおろしに醬油をちょっと入れた「かまたまやま」（釜卵山芋）を食ったらもうたまりません。

山形県酒田の中華そば屋「川柳《せんりゅう》」のワンタンメンは日本一である。ということは世界一。ワンタンは一キロの生地を人力の鉄棒で六百メートルまで延ばしている。完成したそれは背後の風景がみえるくらい薄い。これが麺にからまって「アイヨ」と出されると帰りのヒコーキの時間を忘れます。

小学校の頃、ぼくの家にイソウロウしていた叔父さんがときどきカルメラを作ってくれた。どういう仕組みだったのか砂糖をつかっていた。把手のついた小さな鍋でクルクルやっているうちにプクーッとふくらまってできあがり。軽くて中はカリカリで夢のようだった。ああそうだ、この頃の記憶でもうひとつ。

炊きあがったごはんに生タマゴに醬油をまぜてすばやくかきまわしてぶっかけて食うや

つ。タマゴ二つ以上つかったらだめよ、といつも姉に注意された。

厳寒期のシベリアは毎日マイナス四十五度ぐらいだ。ロシアのレストランでめしを食うのがいかに大変か、ということを前に書いた記憶があるが、うまいのは街角でドンゴロスの袋を背負って逃げるようにして路地から路地に入っていくおばさんのあとについて行列をつくるときのトキメキ。一般人が勝手に町でモノを売ってはいけないことになっていたからおばさんは必死だが、行列の自分のところまで品物があるか、とこっちも必死に心配した。ドンゴロスの袋のなかに入っているのはピロシキだ。ロシア揚げパンというようなもので、これは一般には売っていない家庭料理。温かくてうまかった。

もうひとつおまけにチベットのそこらの安食堂でありつけるサンラーフン。太いビーフンを酸っぱく奥深いつゆで食べるのだが日本では食べられないようだ。

あとがき

桃太郎に出てくる「きびだんご」を子供の頃食べたくてしょうがなかった。でもどこへいけばそれがあるのかわからないし、あっても買うおこづかいがなかった。

同じ頃、「おむすびころりん」がおいしそうだった。おむすびは母がよく作ってくれたから食べていたが、おむすびころりんの「おむすび」とはやっぱりなにか違っていて童話のおむすびのほうがずっとおいしそうだった。でもこの話には気になるところがいっぱいあった。そのおむすびには海苔がまいてあったかなかったか、というところがはっきりしなかった。

時代から考えて海苔は高く、おむすびにくるむような贅沢はできなかったのではないか。はっきりした証拠は何もないのだけれど、どうもそんな気がした。

だからおじいさんがうっかり山の上から転がしてしまったおむすびはごはんが丸だしだったような気がする。その時代のことだ。おじいさんの連れ合い、おばあさんは、おむすびに塩を薄くかけたり、味噌を薄くぬったりしたんじゃないだろうか。

そういうスーパーデラックスおむすびが山の斜面を転がっていってゴルフのホールインワンのように斜面の穴の中にころりんと入ってしまった。

しかしおじいさんは目標を持ったらどこまでも追いかけていく。自分の大きさを変えてでもどんどん穴のなかに入っていった。いや、そうは書いてはいないがスナオなマコト君はそのように理解した。

ターミネーターおじいさんはそうやってネズミの巣穴のなかにどんどん入っていく。ネズミたちは思わぬ追跡者に驚嘆し、転がり込んできたおむすびをとられては大変だ、と警戒態勢をとる。さてそれからどうなる。いろいろ事態は錯綜《さくそう》するが、読者として希望するのはネズミたちとターミネーターおじいさんは結果的に仲良くしていく、という本来の話になっていく。大人になるといろいろなことを思い浮かべていろいろ理屈っぽくなってヤーですね。

桃太郎のキビダンゴのほうは、アレ要するにキビの粉でダンゴを作って外側にキナコかなにかまぶしたものでしょう。

考えてみるだけでキビの粉で作ったダンゴはモチモチしていないように思う。キナコだっていくら分厚くまぶしてもそんなにうまいとは思えない。

……そういうところまで「あとがき」を書いてきたところで本書の出版社から見事にカラフルな絵と文字で彩られた表紙見本が届けられた。フーン、イカとタコのタタカイねえ。本書のアートディレクターはモーレツに情熱的な人でぼくの本のことならなんでも知っている。本当にぼくより詳しいヒトなのだ。

その情熱ADがこのシリーズの第三弾は「タコ」と「イカ」だと言っているのだ。

タコとイカについてなにか書いたかなあ、と驚異的に記憶力の減退しているぼくはあまりよく覚えていない。

タコとかイカとはキャラクターとして書きやすいやつらなのできっとどこかで書いているはずだ。かならずしもこの第三集ではなく第一集とか第二集まで逆上れば。

「あとがき」の方針が決まってオムスビ、キビダンゴ方向で書き出しているから、ここでタコとイカが乱入してくると話はやっかいになるのですなあ。なにしろ手足が多い連中だからねえ。

本の帯の大きなモジはモロに親父ダジャレだし、しかしアートディレクターと編集者のちからは強烈である。ちょっとここでいきなりオムスビコロリン関係に事態を変えていくわけにもいかなくなった。

「まっ、いいか。パワフルだしイカタコだし」

おじいさんになってもスナオなぼくはこの路線で進んでいくのに同意した。いろいろありがとう。気心知った絵描きと編集者のおにいさん。まいど有り難う。

椎名　誠

本書は、『女性のひろば』（日本共産党中央委員会発行）に連載している「おなかがすいたハラペコだ。」（二〇一八年四月号から二〇年八月号）を加筆整理して収録するものです。

椎名 誠（しいな・まこと）
一九四四年東京生まれ。作家。写真家、映画監督としても活躍。一九七九年『さらば国分寺書店のオババ』でデビュー。これまでの主な作品は、『犬の系譜』（講談社）、『岳物語』（集英社）、『アド・バード』（集英社）、『中国の鳥人』（新潮社）、『黄金時代』（文藝春秋）など。近著は、『われは歌えどもやぶれかぶれ』（集英社）、『世界の家族 家族の世界』（新日本出版社）、『わが天幕焚き火人生』、（産業編集センター）。最新刊は、『この道をどこまでも行くんだ』（新日本出版社）、『椎名誠［北政府］コレクション』（椎名誠・北上次郎編　集英社文庫）、『毎朝ちがう風景があった』（新日本出版社）、『家族のあしあと』（集英社文庫）。私小説、ＳＦ小説、随筆、紀行文、写真集など、著書多数。
「椎名誠 旅する文学館」
（http://www.shiina-tabi-bungakukan.com/bungakukan/）　も好評更新中

装丁　宮川　和夫
装画　塚本やすし
挿絵　西巻　かな

おなかがすいたハラペコだ。③　あっ、ごはん炊《た》くの忘《わす》れてた！

2020年9月15日　初　版

著　者　椎　名　　誠
発行者　田　所　　稔

郵便番号　151-0051　東京都渋谷区千駄ヶ谷4-25-6
発行所　株式会社　新日本出版社
電話　03（3423）8402（営業）
03（3423）9323（編集）
info@shinnihon-net.co.jp
www.shinnihon-net.co.jp
振替番号　00130-0-13681

印刷・製本　光陽メディア

落丁・乱丁がありましたらおとりかえいたします。

ISBN978-4-406-06290-9 C0095　Printed in Japan